被陌生女高中生囚禁的漫畫家

Kadokawa Fantastic Novels

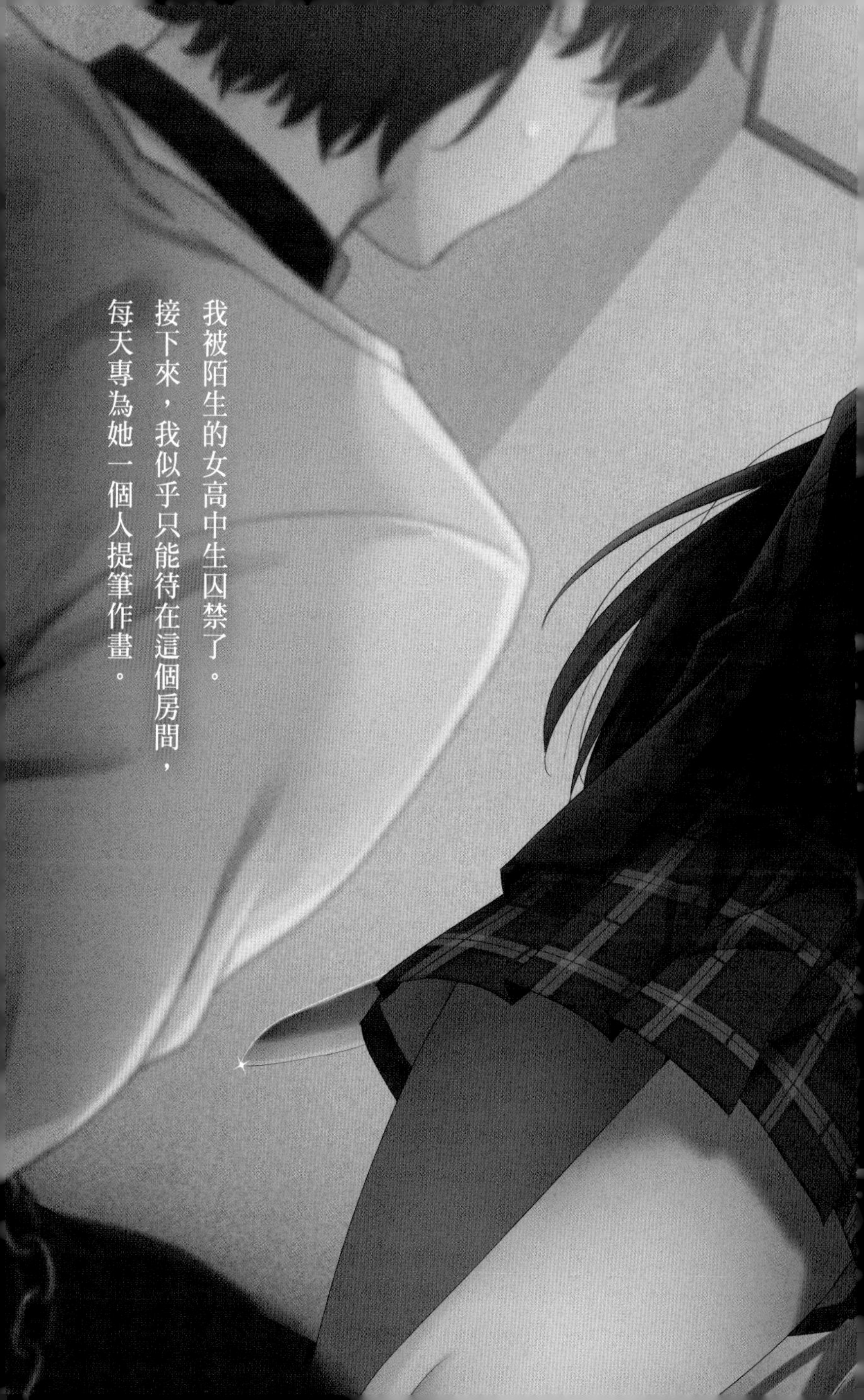
我被陌生的女高中生囚禁了。
接下來，我似乎只能待在這個房間，
每天專為她一個人提筆作畫。

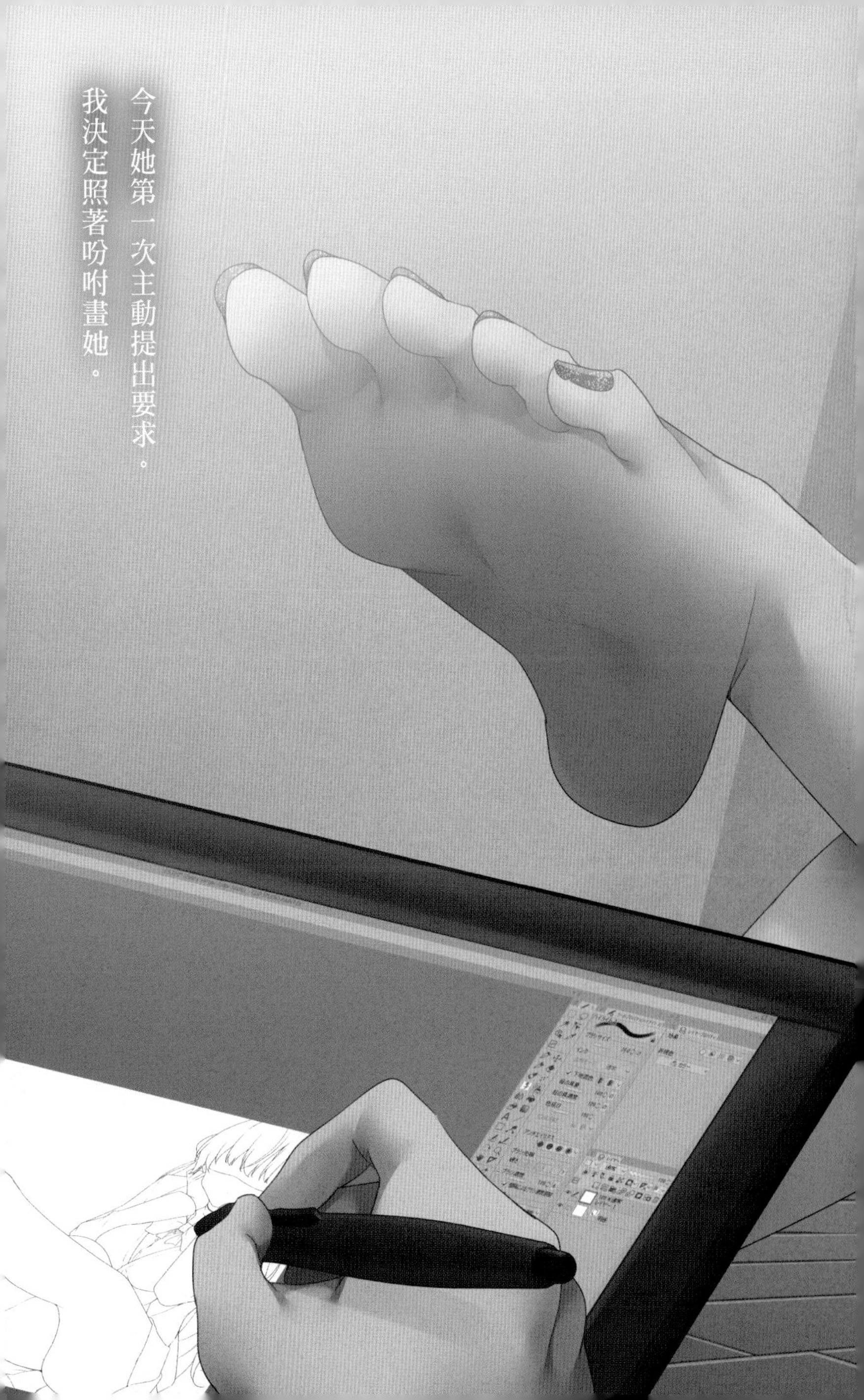
今天她第一次主動提出要求。
我決定照著吩咐畫她。

今天我不小心撞見正在換衣服的她。
她叫我負起責任作畫，
我不懂這是什麼道理。

與她的囚禁生活由此開始——

被陌生女高中生囚禁的漫畫家 1

穂積潜

原案／插畫 きただりょうま

Kadokawa Fantastic Novels

我醒來以後，就發現眼前有陌生的天花板。

（這裡是什麼地方？頭疼得厲害。喉嚨好痛，身體也有倦怠感。）

昏暗。

隔著窗簾，何止沒辦法看見照進來的月光，我的眼睛就連電器用品發出的一絲光芒閃爍都接收不到。

（現在是幾點？對了，手機，我的手機在哪裡？）

為了尋求光源與情報，我保持仰臥的姿勢伸手。

然而，能抓到的盡是空氣，始終沒有手感。

我只好撐起沉重的身體。

「唔！咳！咳咳咳！」

那種感覺來得猝不及防。

彷彿喉嚨被戳中的窒息感。

我的扁桃腺確實有腫大的症狀，但這股不適感跟那不同。

我不由得摸向脖子以後，就發現有冰冷的金屬質感。

（這是……項圈——以及鏈條？）

環繞脖子的甜甜圈狀項圈。

那只項圈在相當於頸後的位置接著鏈條，而且不知道延伸到了何處。

（被鏈條繫著。換句話說——我受到了囚禁？）

察覺這項事實的瞬間，我毛骨悚然。

這股寒意大概也不是身體狀況欠佳所致。

（冷靜，我要冷靜下來。）

我做了深呼吸，靜靜地等眼睛適應黑暗。

在空蕩的房間裡，隱約有長方體的輪廓浮現而出。

（箱子？）

我一邊留意鏈條的長度，一邊爬向箱子。

所幸那裡似乎跟鏈條伸不到的位置呈反方向，我得以順利抵達。

差不多介於細緻與粗糙中間的紙。

那個箱子好像是瓦楞紙箱。

有東西擺在瓦楞紙箱上。

觸感光滑，薄而扁平的板子。

右側還附了三根手指握起來剛剛好的短棒。

那是環境再怎麼黲黷，我也絕對不會錯認的物體。

（液晶繪圖螢幕！用這個就可以求救！）

液晶繪圖螢幕——繪圖平板是我用慣的道具。

電源的位置不用看也知道在哪。

啟動聲聽起來格外大聲。

畫面亮了。

沒有連上網路。

根據畫面邊緣顯示的時間，現在似乎是二十三點十七分。

平板安裝的程式就只有一套繪圖軟體。

（不過，這確實是我的平板。為什麼它會出現在這種地方——）

喀噠，咚，喀噠，喀噠，咚咚咚咚。

當我快要回想起什麼的時候，房外忽然傳來了聲音。

嘰——

在我回頭的同時，房門被打開。

房間裡的電燈亮起。

眩目的光讓我反射性地閉起眼睛。

再次睜眼的下一刻，已經有個女高中生出現在我面前。

至於我為什麼會知道對方是女高中生，是因為她穿著制服。

光看制服也有可能是女國中生，但從身體發育判斷就不符常理。

我從底下仰望觀察她。

對方光著腳。

下半身穿偏短的裙子。

上半身穿西裝外套配襯衫。

襯衫釦子解開到第二顆，鎖骨清晰可見。

戴著黑色口罩，手指塗了指甲油。

臉型小巧，眼睛水亮。

頭髮是長度及腰的黑長髮。

有口罩遮著使我無法斷言，然而從氣質就足以知道她是個美少女。

到此為止都無所謂。

用一句「時下常見的女高中生」就能說明完畢。

然而，她的右手卻裝備了怎麼看都與時下女高中生並不搭調的物品。

一把菜刀。

家庭中廣泛為人使用的普通三德刀。

當然，女高中生要拿菜刀也是可以。

假如地點在廚房，還能期待她懷著愛情親手做的菜。

不過，身處被人用菜刀指著鼻尖的狀態，那就另當別論了。

更何況，不知道是幸或不幸，我對她那副身影有印象。

（對。我確定自己曾經見過她——）

我一邊凝視著對方一邊開始摸索記憶。

* * *

我陷入了低潮期。

原本連載的作品已經完結，當時我處在非得讓新作企畫通過的狀況。

可是，基於銷路考量，責任編輯要的是我處理起來並不熟練的戀愛喜劇企畫，我便無法想出像樣的點子，一直慘遭打回票。

為了逃避現實，我過著長期沉溺於酒與菸的生活，到最後甚至背負了非得靠安眠藥才能入睡的精神壓力。

當然，那種精神狀態不可能想出好點子。

（印象中，我就是在那個時期看見了她的身影。）

我想起來了。

那是在我到書店買漫畫，想用來當新企畫參考的時候。

坦白講，那個時期的我連目睹同行的漫畫在店裡平放陳列了一整排都會感到難受。不過，我去買的漫畫是連要嫉妒都嫌枉然的熱門作品，所以勉強承受得了。

為了工作而買的漫畫可以報公帳。

因此我需要請店家開收據，但是我的姓名字面上頗為複雜，單純靠口頭說明實在不容易讓人理解。

所以我打算自己動筆寫，就往結帳櫃台探出身子。

然後，我在那時候遺失了手機。

呃，好像是我弄掉的。

照常理想，聽見手機掉下去的聲音就會發現才對，當時的我卻渾然不覺。

畢竟我當時耳裡總是塞著耳機，一直與外界隔絕，白天也常常發呆，並沒有正常的判斷能力。

在那種情況下還是有心思要求店家開收據，說來連我都覺得自己很勢利。

不過，長期從事自營業，購物時拿收據就會變成一種例行手續，我幾乎是無意識地在做這些動作。

總之，我掉了手機，而且都沒有發覺就從店裡離開了。於是，當時她排在我的後面結帳就撿到了我的手機，還追上來把手機交還給我。

為了我拚命跑過來，這種不假思索的人情味感覺很是寶貴。

那時候，她喘得連肩膀都在起伏的模樣深烙於我的腦海。

她跟普通的女高中生有些不同。

女高中生是最強的。

以生物來說，處於肉體的巔峰時期，以人類來說則處於被容許無止盡地夢想的最後一段歲月。

洋溢而出的生命能量甚至帶來了心靈上的寬裕，她們只顧歡笑嬉鬧，發散至四周的活力幾乎可謂旁若無人。

然而，她正好與那相反。

美歸美，卻沒有身為生物的強勢之處。

感覺在心靈上也沒有那種毫無根據的寬裕。

嬌弱得彷彿風一吹就會被颳走。

在她身上就是有那種超脫現實而又顯得空靈的一絲氣質。

哎，假如要用一句話來總結我對她的印象，難免會淪為「超凡脫俗」之類的陳腔濫調。

（當時，我跟她說了什麼？）

細節記不清楚。

我想自己大概有反射性地說出「對不起」，或者起碼加一句「謝謝」，但就算彼此交談過，也是相當短暫的事情，頂多三言兩語才對。

無論如何，能將我跟她串起來的事情也就這麼一件而已。

但是以結果而言，單單讓女高中生幫忙撿了手機，對我的生活當然也沒有造成任何改變。

我仍舊酒不離手，菸抽得更多根，交出的分鏡始終過不了編輯那一關。

（在那之後，我做了什麼來著——對了，我藉著喝醉的勁頭決定要搬家。）

即使向所有合法的藥物尋求助力，我終究還是生不出任何點子，就開始有了搬家的想法。

我想逃離一切。

那樣的話，只要搬去北海道、沖繩甚或海外就好，我卻沒有那麼做。

想節省搬家費用的窮酸性子發作了。所以，我決定就近找新居。

不顧前後就突然決定遷居。由於跟春天的搬家旺季算是撞在一起，要找到能配合的搬家業者並不容易。

距離遷出租屋處的期限沒有多少時日，我索性決定將整套家當都扔了。捨不得多花搬家費用又敢於捨棄家當，說來固然很矛盾，但我的腦袋早就失常得不在乎那些了。

儘管我的信仰並不虔誠，卻有想要將一切斷捨離，藉此去除晦氣的念頭。

而當中唯一的例外就是液晶繪圖螢幕。

只有這東西我丟不了。

儘管其他家電用品全都屬於便宜貨，唯獨液晶繪圖螢幕是價格高達二十萬圓以上的正規品。況且，與其說這液晶繪圖螢幕是物品，它早就變得像是我本身的一部分，斷無將其捨棄的選擇。

我的斷捨離是如此小家子氣，但福報立刻就應驗了。

責任編輯久違地發來邀約，要直接跟我見面討論。

最近我們討論分鏡一律都是透過電子郵件，連用線上通訊互動的機會也沒了，所以我很慶幸。

心想自己尚未被編輯割捨的我鬆了口氣。

我意氣風發地揮別租屋處，順道去跟責任編輯見面。

或許這次能順利談成。

我有這種預感。

（哎，結果當時的預感只是我會錯意了。）

分鏡果然還是過不了關。

據說是我寄出的分鏡內容實在太支離破碎，讓責任編輯感到擔心，才會表示想直接見個面。

近年的社會風氣是避免跟人多接觸。

不到三十分鐘，名為討論的面談就結束了。

離別之際，責任編輯說：「不用在意分鏡的截止日期，請不要把自己逼得太緊。」我忘不了對方開口時的眼神。

好似在表示慰勞，也好似感到同情的那種目光，幾乎是用來看待病人的了。

至少責任編輯的眼神並不是在看待一名前途可期的漫畫家。

我早早離開了出版社。

回家時的心情糟透了。

在說明自己是什麼樣的存在時，我已經沒有自信將「漫畫家」這個屬性排到最前面。

感覺「無業」、「自稱漫畫家」或「異常者」之中才有與我相配的字眼。

「病由心生」這句話說得不錯。

彷彿跟掉到谷底的心情產生呼應，我的身體也開始出狀況了。

搭電車的期間，我只是覺得隱約有股寒意。不過，從我在離家最近的車站下車後，身體狀況就急遽惡化。

當我走出驗票閘口的時候，心悸已相當嚴重，穿越路口時又多了頭痛與噁心的症狀。來到離家只剩一百公尺處，便開始有強烈的倦怠感支配身體。

即使如此，我仍拖著腳步，攙著扶手，勉強撐到了新居門口。

接著，我把手伸進口袋，打算從錢包裡拿出鑰匙——記憶便中斷了。

囚禁第1天

所以說——

（對了，這裡是我的房間。因為才剛搬進來住，會覺得天花板看起來陌生是理所當然的。）

衛浴分離的一房一廳格局。

這確實是我租的屋子。

居然連這種小事都沒法立刻察覺，我果然有問題。

精神狀態並不正常。

（我在玄關前昏倒了。住附近的她偶然注意到，就伸出了援手。）

冷靜想想，狀況會是這麼一回事。

我重新瞥向繪圖平板。

假如要信任上頭顯示的日期，表示從我昏倒以後足足過了兩天。

「是妳照顧我的嗎？」

「……」

少女什麼也沒回答。

她只是一手拿著菜刀，默默地凝望我這裡。

仔細想想，事情很奇怪。

單純要救我的話，叫救護車就行了。

不必在我的脖子繫上鏈條，更不必拿菜刀指著我。

她為什麼會做這種事？

我對她究竟有什麼價值？

「欸，我問妳——」

我打算多問幾件事，少女就朝我大步走來。

「等等！」

還來不及制止，少女已經將菜刀舉起。

我反射性地閉上眼睛。

痛覺——沒有出現。

只是額頭上有陣冰涼的觸感。
我戰戰兢兢地睜開眼睛。
少女比襯衫還白的纖瘦手臂就在我的眼前。
看來我似乎被她用菜刀的刀面抵著額頭。
身體緊繃。
發不出聲音。
嘴脣像被接著劑黏住一樣張不開。
好似世界迎來終局的寂靜流過。
唯有頸根流下的冷汗告訴我時間正在經過。
間隔了久得像是永遠的幾分鐘，少女後退一步跟我拉開距離。接著，她用儀式般的緩慢動作把菜刀的刀面抵向自己的額頭。
（她想做什麼？莫名其妙。）
我提不起直接向少女發問的勇氣。
對於不想刺激她的我來說，言語已經成了像炸藥一樣需要謹慎運用的玩意兒。
不能隨便開口。

我默默地觀察她。

少女就這樣用月球漫步般的步伐退到房間之外。

釋懷的我放鬆肩膀的力氣。

能安心的時間僅止於片刻。

當少女回到房間以後，除了右手上的菜刀，左手還多了新武器。

咻咻咻咻！

劃風而過發出輕快聲響的那東西——真面目是絲襪。

只不過，在那當中塞著尺寸跟骰子牛差不多大的塊狀物體。

那種用於捶打的武器，一般稱作Blackjack或Sap。

利用離心力，就連力氣不大的女性都能發揮出十足的捶打功效。

既不會發出聲音，流血量也少。

簡直可說是最適合行凶的方便道具。

「妳、妳別過來！」

「……」

我張開雙手，並且向前伸出。

不用說，這種毫無抑止力的動作當然攔不住任何人。

少女威嚇似的手舉菜刀，順勢就出腳踹了我的胸口。

我被迫仰身倒在地上。

為什麼我非得被只有一面之緣的少女這樣對待？

恐懼超過臨界點，轉換成憤怒與自暴自棄。

「好，來啊！隨妳便！要殺就殺！反正拋棄漫畫的我已經一無所有！」

我張開雙臂雙腳，躺成了大字。

施加在腹部的壓力。

少女騎到我身上，並且用拉直的絲襪抵住我的頸根。

我又閉上眼睛。

脖子被勒住。

自殺方式的萬年第一名好像是上吊。

相較於刺殺或撲殺，絞殺應該算比較像樣的死法。

假如可以直接求個解脫，我覺得那也不錯。

「——欸，好冰！」

我蹦起身。

絲襪捆到了脖子上。

那裡面似乎裝著方塊狀的冰。

少女的身影不知不覺間從房裡消失了。

（……表示她沒有要殺我的意思嗎？真令人搞不懂。）

哎，不行。

身心都亂糟糟的，腦袋沒辦法順利運作。

睡意又上來了。

但是，即使憑目前並不完善的思考能力，有件事我仍然明白。

我遭到女高中生囚禁了。

唯有這一點是可以確定的。

源自恐懼的緊張感讓我維持清醒。

然而那也沒持續太久，面對壓倒性的生理欲求，到最後我的眼皮還是吞敗了。

囚禁第2天

我清醒過來。

身體狀況依然欠佳，但是有比昨天好。

原本捆在脖子上的絲襪不見了。

大概是那個少女拿走了吧。

話說回來，結果昨天我完全沒辦法跟她溝通就迎接早晨了。

怎麼辦？

照常識來想，遭到囚禁可是大事不妙。

（要鎮定。先冷靜地審視自己身處的狀況吧。）

我重新環顧房間。

果然，房間裡除了瓦楞紙箱與擺在上頭的繪圖平板，還有我躺的地鋪之外，看不見其他東西。

鏈條其中一端接在我脖子上的項圈，另一端則連著牆壁內嵌的掛鉤，已經被綁定住了。

雨遮板是緊閉的，看不見外頭。

我一邊留意鏈條的長度，一邊爬向窗戶。

不行。雖然我早就知道會這樣，別說要鑽到窗外，連伸手也無法用指頭觸及。想抵達窗戶的話，鏈條必須再長個三～四倍。

哎，就算我能用手指搆到窗戶，內側的鎖頭也已經被疑似接著劑的半透明物體封死，而且既然被鏈條繫著，我橫豎就是逃不掉。

（果然沒用嗎……要不要試著大聲呼救？）

只要那麼做，也許鄰居或路人就會發現狀況不尋常。

（但是，就算有人能發現，她拿刀捅我還是會比警察或鄰居趕來更快。）

我回想起她白嫩的手指曾握著那把灰亮而野蠻的菜刀。

即使如此，我仍得設法逃脫才行。

普通人就會這麼想。應該要這麼想才對的……

（但是，即使我到了外面，又能怎麼樣？）

反正我沒有想去的地方。
無論要尋找漫畫題材還是蒐集資料，我都提不起勁。
那麼，就算被人用鏈條繫著，也沒有多大差別吧。
想到這裡，我一舉失去了逃脫的意願。
噠噠噠。
（她來了。）
腳步聲響起。
我爬回地上鋪的被褥，盤腿而坐。
喀嚓。
門打開。
「……」
少女依舊沉默不語。
右手上有菜刀，左手拿著扶在胸前的長方形銀色托盤。
那上面擺了優格與果凍，還隨意放著看不出是什麼名堂的營養劑，而且不忘附上湯匙。

少女把托盤擺在離我稍有距離的地板上。

接著，打赤腳的她腳尖使力，將托盤沿著地板蹭到我這邊。

「這是給我吃的？——我現在倒沒有食慾……」

「反正你吃就對了。」

她用缺乏抑揚頓挫的語氣這麼告訴不情願的我。

清脆有如鋼琴音色的嗓音。

「……我知道了。」

我拿起湯匙。

假如這當中有某一樣摻了毒，感覺也無所謂。

「……」

少女又一語不發地從房間離去。

盯～

我原本以為她走了，就感覺到視線。

她正從門縫外眼睛眨都不眨地盯著我。

難道她就那麼好奇我有沒有吃下去嗎？

哎，或許這種餐點對差點病垮的身體來說剛剛好。

我默默地將托盤上的物體送到嘴邊。

味道正如外觀所能想像的那樣。

看來並沒有下毒。

（這支湯匙大概是貨真價實的銀製餐具。還有，托盤也跟供餐配膳會用的便宜貨有區別。）

有別於不銹鋼，觸感柔和。

當然，這些餐具並不是我的。

畢竟我把家當全扔了，根本也沒有寬裕到能買這種高級的餐具。

既然如此，表示她從某個地方帶了這些東西過來。

（……這個少女究竟是什麼人？）

我產生這樣的疑問，並且淡然用完餐。

同時，她的視線消失了。

門又被緊緊關上，我成為無所事事的人。

後來有幾個小時，我都茫然躺著凝望天花板，從她那裡沒有傳來任何音訊。

我實在覺得有點無聊，就試著環顧房間，但是並沒有什麼新發現。

在那裡的到底只有瓦楞紙箱，以及坐鎮於上彷彿有話想說的繪圖平板。

但是就算再閒，我現在也毫無作畫的意願。

我躺著閉上眼睛。

以身體狀況欠佳為藉口，逃到了睡眠中的世界。

囚禁第3天

我清醒過來。

由於雨遮板關著，連日夜都無法分辨。

看向繪圖平板顯示的時間，就發現已過傍晚。

儘管身體感受到的是幾個小時，不過，我似乎睡得比想像中還久。

但或許是拜此所賜，身體的狀況跟昨天比起來感覺好得多。

話雖這麼說，喉嚨仍然有點痛，身體也感到倦怠，所以倒不能稱為常態。

叩叩，叩，叩叩。

彷彿算準了時間，敲門聲響起。

似曾相識的獨特節奏。

「啊，好的。我醒了。」

我做出如此糊塗的答覆。

喀嚓。

拿著銀色托盤的她再次出現。

托盤上放著的餐點也跟昨天相同。

於是，我又機械性地開始用餐。

不過，她今天並沒有到房間外頭。

她背靠牆壁，望著我進食的模樣。

「謝謝招待。」

不久我用完餐，把湯匙擱到托盤上。

「你有沒有畫些什麼？」

她朝繪圖平板瞥了一眼，突然問道。

「沒有，我什麼也沒畫。」

我搖頭。

「為什麼？」

「我不想畫……因為我不知道該畫什麼。」

大概是分鏡被退回太多次所致吧。

我不敢畫。

儘管我明白起碼也要臨摹他人的畫作，否則畫技會退步，卻連那麼做都欲振乏力。

「是嗎？那麼——」

她稍作思索似的微微偏頭。

「你畫我。」

少女滿不在乎地說。

口氣彷彿她理所當然地有權那樣要求。

（畫她？開什麼玩笑。）

從我口中冒出了難以分辨是自嘲或傻眼的笑。

「有什麼好笑的？」

少女蹙眉，還朝我亮出菜刀。

「沒什麼。」

我憮然答道。

「那就給我畫。」

話說完，她便把菜刀向前抵過來。
「知道啦……畫就可以了吧。」
我不情願地點頭。
雖然我心裡排斥作畫，但性命無可取代。
我如此說服自己，並將視線移向作為素描對象的少女。
她的髮色並不是純粹的黑。
越接近髮根越黑，往髮梢便夾雜些許褐色的色調。
每一根睫毛的長度也都有微妙差異。
脖子上的痣。
抑或鎖骨的凹陷。
耳環位置。
美甲造型。
她個人身為生物的細節超越了「制服女高中生」的符號性，闖進我的眼裡。
（——這麼說來，我頭一次為正牌的女高中生畫素描。）
我驀地想到。

自己在漫畫裡就畫過好幾次女高中生。

還隨便找了網路上俯拾即是的女高中生照片當參考。

但是，我可沒有仔細觀察真人來作畫的經驗。

從這層意義來想，也許這在某方面算是寶貴的機會。

（任她擺布固然惱人，但這也不得已。）

我把托盤挪到牆際，然後一語不發地把瓦楞紙箱抓過來，擺在身體前面。

繪圖平板開機後，我拿了筆。

「姿勢呢？」

「隨便妳擺。」

我隨口回答，並且開始動筆抓型。

「……」

少女一語不發地動手解起了襯衫的鈕子。

乳溝外露，胸罩的邊緣若隱若現。

淡淡的粉紅色，還有花朵圖樣的精緻刺繡。

跟以前母親晾在老家的破舊胸罩完全不一樣。

「咳、咳。呃，雖然我說過隨便，但為什麼要那樣？」

我試著如此吐槽，目光卻移不開。

話說，她這是脫給我看的吧？

畢竟我們在畫素描嘛。

「方便衝網路流量？」

她微微歪過頭。

「哈哈，這臺平板又沒有連上網路，哪有什麼流量可以衝。」

我發出乾笑。

彼此思維的偏差讓我的色心得以稍微收斂了。

真是的，搞不懂這女孩在想什麼。

（奇怪了。這樣果然很奇怪。我居然畫起了拿菜刀威脅囚禁我的主謀。）

我內心冷靜的部分如此提出忠告，筆卻自己動個不停。

之前明明還那麼排斥作畫，一旦開始動筆就非得畫到最後才肯罷休。

那並不是足以稱作創作意欲的美好情懷。

要比喻的話，就跟排便中途沒辦法停下來一樣，是偏重生理性且近似受了詛咒的一種情緒。

（就算那樣，總比便祕來得好吧？）

身為一名不成材的漫畫家，與其帶著滿腹大便抑鬱而終，或許把少女的脅迫當瀉藥逼自己拉出來還比較健康。

以現況來看，我實在沒辦法抬頭挺胸自稱漫畫家。

即使如此，既然我還懷有這種情緒，大概勉強尚能以創作者自居吧？

（話說回來，威脅我這種三流漫畫家有什麼好處？要威脅的話，她大可去找個比我紅的人嘛，為什麼會找上我？）

我對少女產生了反感和興趣。

感覺像是剛吃完黏牙的最中餅，令人焦慮的情緒。

儘管煩惱與疑問都源源不絕，我還是一邊運作思緒一邊持續動筆。

囚禁第4天

結果，我沒能在昨天之內將她畫完。

起初我並沒有打算那麼講究，卻在作畫的過程中逐漸變得執著於細處，一不小心就多花了時間。

所以今天我仍會繼續畫她。

少女則不感厭倦地擔任我作畫的模特兒。

我都在動手所以還好，她只能靜止不動，讓人擔心是否會覺得無聊。但是，明明領不到打工費，她卻沒有抱怨過任何一句。

接著，我吃完午餐——與先前相同的果凍優格配營養劑，經過約一小時後，畫終於完成了。

「畫好了！」

我擱下筆，伸了個大大的懶腰。

「……」

她用趴著的姿勢將身子往我這邊探過來。

我不小心從襯衫縫隙間窺見乳溝，便將視線轉開。

「怎麼樣？我照妳說的試著畫出來了……」

我將繪圖平板轉了半圈，朝向她那邊。

其實我是因為想畫才畫的。

但是，我突然對自己約半天以上都在凝視女高中生的事實感到害臊，就把責任推給她了。

（連她都數落我的話，那就慘不忍睹了。）

我感到不安。

儘管我覺得自己畫得不差，卻沒有信心能得到他人肯定。

她默默地盯著繪圖平板。

以時間而言，短暫得連泡麵都泡不開。

令人心急的幾分鐘過去。

不久，她看向我，然後開口說出來的第一句話是——

「把衣服脫掉。」
就這樣。
（為什麼！）
出乎意料的話語讓我愣住了。
我該不會惹她生氣了？
難道是因為圖畫得不好？
果然，我的畫作就是無法打動任何人的心嗎？
即使如此，她要我脫衣服是想做什麼？
「呃，妳叫我脫衣服，我要照做也是有困難吧。那個，因為衣服會卡到這串鏈條。」
我掩飾內心的糾葛，並且提出了合情合理的顧慮。
「是嗎？要不然——」
少女將菜刀換到左手，用右手從西裝外套胸前的口袋掏出鑰匙。
她一邊拿菜刀抵著我，一邊將另一隻手伸向項圈。
「——這樣你就可以脫了吧？」

鏈條被少女輕易解開。

「知、知道了啦。」

我脫掉身上穿的上衣。

仔細想想，同一件衣服我已經穿了好幾天。

目前季節大約在春夏之間，以氣溫而言剛剛好，因此我應該沒有流那麼多汗。

不過要跟女高中生面對面相處，我還是不得不說自己這身模樣有欠衛生。

「底下也要。」

她無情地提出要求。

「底下也要嗎！」

我唯唯諾諾地聽話了。

先是牛仔褲，然後再脫內褲。

即使如此，我仍用雙手遮著胯下死守，當成自己最後的抵抗。

「你過來這邊。」

少女始終朝向我這邊，用倒退的步伐引導我。

走出房間後，她站到我後面。

接著，我就這麼被她使勁推進浴室。
（難道說，她想在浴室裡殺了我再分屍！）
如此駭人的想像從腦海閃過。
「進去。」
「呃，要讓我洗澡？這樣好嗎？」
「……」
少女點頭。
看來是我想太多了。
我乖乖踏進浴室，然後關門。
裡面有幫我準備洗髮精和沐浴乳。
身體黏膩，頭也有點癢。
能洗澡是值得感激的。
我轉開淋浴器的水龍頭。
幾乎同一時間，從更衣間傳來了衣物窸窣摩擦的聲音。
（咦，這該不會——）

我的思緒還沒反應過來，浴室的門便發出聲響打開了。

浴室的鏡子映出少女的身影。

不用說，她並沒有跟我一樣全裸，而是穿著校用泳裝。

當然，口罩仍戴著，菜刀也還拿在右手。

那並非漫畫裡常見的單件式校用泳裝，而是分成上下兩截的兩件式。如果要將款式敘述得明瞭好懂，就是把體育服換成泳裝材質，再從肩膀裁掉袖管的部分吧。

時代在演進，我不由得心想：

（在學校穿的泳裝變成這種款式——也是有好處。）

過去的校用泳裝確實比較煽情，但現在的土氣造型強調出青少女的樸素感，同樣有它的優點。

「從頭開始？還是從身體？」

她該不會是在問我清洗的順序吧。

「呃，我可以自己洗。」

「反正你回答就對了。」

我是不明白對在哪裡，但她似乎堅決要幫我洗身體。

「呃，那麼，從頭開始吧。」

我戰戰兢兢地這麼回答。

畢竟我不想被捅，胡亂抵抗會壞了她的心情，害自己因而被沒收入浴的權利感覺也很蠢。

「是嗎？那你閉上眼睛。」

我照吩咐閉了眼睛。

有某種東西被擱下，發出「叩」的聲響。

我猜大概是菜刀吧。

少女的指頭遊走於我的頭皮。

總覺得她洗頭的手法挺生疏。

跟平常幫我剪頭髮的專職理髮師相比，技術比較差當然是在所難免。

不過，即使酌情考量，她似乎還是有笨拙之處。

然而就算那樣，少女仍為了替我洗去頭皮的髒汙而拚命努力。

雖然有時候會用力過度抓痛我，我也沒得抱怨。

（難道說，這是我幫她畫圖的獎勵？）

我如此思索。
這樣的話，就表示她接納了我畫的圖？
假如真有這麼一回事，著實令人開心。
以熱水淋浴的暢快感受，將洗髮精連同頭上的髒汙一同沖去。
我再度睜開眼睛。
「接著換身體。」
「呃，那麼，妳洗上半身就好。下半身我自己來。」
我加重口氣這麼強調。
即使身為俘虜，我仍有想要守住的一線。
「……是嗎？」
不知怎地，她有些遺憾似的這麼嘀咕。
身體很快就洗完了，當我泡進浴缸以後，她便從浴室離去。
後來隔了一會，從更衣間有「隆隆隆」的低沉馬達聲傳來。
（她在幫我洗衣服？這麼說來，家裡有洗衣機。之前的被我扔了，難道是她買的？倘若如此，錢從哪裡來的？）

任我再怎麼想也不會有答案。

（話說仔細想想，我是第一次被家人以外的女性看見裸體。而且，居然還是在這麼不尋常的狀況下……）

可以感覺到臉頰在發燙。

不知道這是因為泡進浴缸，還是身體不良的毛病復發，或者——

為了將載浮載沉的各種想像從腦中甩開，我反覆用雙手掬起熱水潑到臉上。

充分暖了身以後，我離開浴缸。

簡單將水分甩乾，然後開門。

「——唔喔！原來妳在啊！」

默不吭聲地站著的少女讓我嚇得急忙用雙手遮住胯下。

「浴巾和替換的衣服。」

少女把手臂抱著的衣物扔給我。

「啊，謝謝——等等，這都是什麼……」

接下這些衣物的我把東西攤開來一看，就說不出話了。

有浴巾、上衣、內褲與長褲，上面全都印著在我作品裡出現的角色。

「就說了，這是浴巾和給你替換的衣服。」

「我問的不是那個意思……」

漫畫家用自己所繪的賣肉女主角的浴巾擦身體，穿著有作品中吉祥物圖樣的內褲，而且還將印有主角圖樣的T恤與印有宿敵角色的長褲當家居服。

非常令人討厭。

感覺有夠自戀的。

「?尺寸應該合身才對。」

少女微微歪頭。

「有沒有別的款式?只要沒有印著我畫的角色，什麼都好。」

「沒那種東西。」

少女立刻回答。

「這樣啊……」

我咬緊牙關，拿浴巾擦起身體。

原本我就對肉體方面的虐待有心理準備，沒想到她卻使出了從精神方面凌辱人的手段。

相當羞恥，話雖如此，既然對方說沒有別的衣服，我也無可奈何。

（哎，混帳。即使看起來傷眼，作為衣服的功能也沒有多大差別。）

我如此說服自己，然後匆匆穿上了衣服。

囚禁第5天

我今天也為少女畫素描。

總覺得畫她已經成了我每天的功課。

畢竟這個房間只有繪圖平板，為了討好她只好如此。

這我明白。

但……

（我就顧著做這種事行嗎？）

隱約有種焦躁感。

責任編輯說過分鏡的交稿日隨我決定，但我好像還有其他非處理不可的事……

買新的家具——目前不急。

至於倒垃圾或問候街坊鄰居之類，現在才思考也無濟於事。

啊，還得變更駕照上的住址，水電費有沒有設成從帳戶自動扣款？

另外——

「啊！對了！今天是匯房租的日子！」

我不禁伸手拍了大腿。

「不要緊。那已經事先從我們的戶頭匯過去了。」

少女訝異似的將眼睛睜大了一瞬間，然後就若無其事地這麼說道。

「我們的戶頭？」

「這裡。」

少女掀開襯衫下襬。

在肚臍下面掛了一只黑色腰包。

看起來像出國旅行時會用來裝貴重物品的包包。

她從中掏出了三本銀行存摺。

每一本我都有印象。

這下我知道買洗衣機的錢從哪裡來了。

「這、這樣啊，幸好。唉，與其說成我們，那應該是我的戶頭……」

「錯了。是『我們的』。該我付的部分，我都有自己出錢。房租與生活費也都是對半分攤。」

少女加重語氣向我如此糾正，還翻開存摺秀出內容。

的確，存摺裡多了我沒印象的匯入款項。

出版社匯來的款項都會明記公司名稱才對，那筆入帳紀錄卻沒有。

這就表示是她用了我的存摺，自己把錢匯進來的吧。

金額很可觀。

至少那並不是女高中生靠零用錢能夠支出的金額。

她究竟是什麼人？

才剛解開了一個謎團，又有別的謎團變得更加撲朔迷離。

「這樣啊……………咦，話說就算如此，妳又是怎麼把房租匯出去的？把錢匯進戶頭也就罷了，匯房租出去應該要有密碼吧！」

我一瞬間差點被她敷衍過去，就提出了理所當然的疑問。

「唉，都這個年代了，居然還有人用生日當戶頭密碼。」

少女傻眼似的嘆息，並且鬧得翻起了存摺。

「唔！」

我捂住胸口。

「何況，你還把出生年月日大方公開在社群網站……」

她冷冷地瞅著我，毫不留情地補刀。

「啊啊！原來是這樣！」

我趴倒在地板上。

自己的粗心令我厭惡。

密碼安全性有這麼大的漏洞，她能將房租匯出去也是合情合理。

可是，我目前沒有重設密碼的手段。

既然如此就認了吧。

（總覺得這樣像是被她扶養，讓人感到過意不去，但既然錢是從我的戶頭提走的，我也沒有理由跟她客氣吧。她說過開銷是對半分攤，不過錢又沒有寫名字，之後再把她匯進來的金額退還就好。）

「那個，我有想要的東西。」

我下定決心開口。

「什麼東西？」

「呃，比如香菸之類。」

「不行。」

她絲毫不講情面地駁回了。

「那麼，酒也一樣嗎？」

「不行。」

又是隨問隨答。

「要不然，至少給我口香糖、軟糖或巧克力之類。有什麼都好，因為我是那種嘴裡一閒著就無法專心作業的類型。」

「……我明白了。」

她一副不情願的樣子點了頭。

接著，少女從口袋裡拿了手機出來滑。

難道她是在逛購物網站嗎？

「啊，畢竟是我個人需要的嗜好品，費用當然都算我的。」

「那樣不行。」

少女絲毫沒有將目光從手機上移開就開口。

我又被拒絕了。

（哎，不過能知道她囚禁我並非為了求取金錢，肯定是一項收穫。）

萬一是為了求取金錢，既然她已經知道戶頭的提款密碼，就沒理由囚禁我。

過去我在新聞上看過罪犯用控制人心的方式奴役受害者，並且藉此搾取利益的案例，但是看她這麼想跟我分攤開銷，屬於那種案例的可能性似乎很低。

然而如此一來，「為什麼要囚禁我？」的疑問倒是隨之加深了。

「訂購完畢。」

少女這麼嘀咕以後，就從手機上抬起臉。

「是嗎？真讓人期待。」

我點頭微笑。

「……我聽取了你的請求。」

少女把手機擺到一旁，嚴肅地這麼朝我開口。

「嗯。」

「所以，你也有義務聽取我的請求。」

「妳說的請求是指？」

我咕嚕吞了口水。
她到底會要我做什麼？
「……」
少女一語不發，緩緩地脫掉長筒襪。
光溜溜的腿讓我一瞬間心跳加速。
明明那也不是什麼猥褻的東西。
「妳、妳該不會要我舔腳趾頭吧？」
我打趣地說道。
描述受虐狂的漫畫往往會出現類似情節，但我沒有那種嗜好。
「——你傻了嗎？」
少女的身體稍微往後退。
「沒有。但是，我剛才的發言太傻了。所以呢？」
「腳趾甲。」
少女指向自己的腳趾甲。
「呃，妳的意思是要做美甲彩繪嗎？由我？」

「沒錯。畫你設計的角色。」

少女點頭。

「買零食的代價是幫妳做美甲彩繪？」

「從提振心情這方面來說，意義相同。」

「原來如此……但是，我根本沒有做美甲彩繪的經驗。」

「……」

少女把手伸向菜刀。

「等一下！我並不是排斥，只是因為沒畫過指甲彩繪才覺得猶豫。要挑戰也可以，但失敗了也別生我的氣喔。」

我事先叮嚀。

要是初次挑戰就因為技術不足而惹她發飆，那也很困擾。

「沒問題。反正我會戴美甲片。」

「美甲片？」

「就是假指甲。」

少女這麼交代完就先離開房間，然後帶了半透明的盒子回來。那很像我以前用來裝迷你四驅車零件之類的盒子。

讓她簡單指導過後，我盤腿坐在地上，彎著上半身緊盯她的腳。

細心保養的腳趾甲像水晶一樣散發著光彩。

在那上頭要另外戴美甲片。

我拿起像是水彩畫會用到的畫筆，開始用指甲油上色。

少女將菜刀舉在我頭頂，默默地守候著這一幕。

讓我簡直像踏在薄冰上的阿根廷龍一樣內心難以鎮定。

（與其畫精細的圖樣，縮短角色的頭身比例感覺會比較好下筆。）

屈辱歸屈辱，作業本身倒是意外有趣。

我好像稍微能理解有很多女生想經營美甲沙龍的理由了。

「……」

「……」

我一句話都沒說，只顧將心思集中於指尖。

毫無傷痕的美麗腳掌。

腳踝和腳趾都細得彷彿會折斷。

（仔細想想，女高中生赤腳是不是相當罕見的畫面？）

在市井街坊之間，到了夏天就能拜見衣服底下透出的胸罩，街上穿短裙的女高中生又多到氾濫，連看見大腿都不算稀奇。

但是，要看光溜溜的腳掌除非到海邊，否則也沒有機會拜見吧。

思索到這裡，我心裡就有一點歪念頭。

……

……

「果然會臭耶。」

默默胡思亂想的我忍不住嘀咕了一句。

「！」

少女把腳縮回去。

「呃，我的意思是指甲油味道很重。」

不知道在密閉空間做美甲彩繪會不會有害身體。

「……唔！」

少女突然抬腳踢了過來。

美甲片插到我的額頭。

「會痛耶！剛才妳明明說過畫失敗也不要緊吧！」

「我踢你另有原因。」

少女忽地把臉轉向旁邊嘀咕。

囚禁第6天

從今天起，以往都是半固體配營養劑的套餐，變成有隨附的零食給我當點心了。有口香糖、有軟糖、有巧克力，全部都有。

昨天才下的訂單，我想這肯定是用了某家叢林的快速到貨服務吧。

只要指定把包裹放在門口，就不會跟送貨員碰面。

我抓著零食吃，今天也一樣在為她作畫。

或許是心理作用，感覺替腦子攝取糖分有助動筆。

得意忘形的我大把大把地吃著零食，領到的分量立刻就不夠了。

「呃，可不可以再來一點？」

我含蓄地這麼問道。

這是今天第三次請求了。

雖然我並不是食客，三度要人添飯總得低聲下氣。

「今天只有這些。」

「別這麼說嘛。」

「已經沒了。」

她搖頭。

「妳沒有大量採購嗎？那樣會比較划算。」

「可是，感覺你有多少就會吃多少。」

「……」

我無法反駁。

實際上，自詡節儉的我認為大量採購才便宜，有因此暴飲暴食而沉淪的前科。

我在反省後變得垂頭喪氣，她就離開了房間。

（貪得無厭的態度讓她不想理我了嗎……）

我剛這麼想，少女馬上就回來了。

她手裡拿著裝了白色粉末的小袋子。

（優格隨附的砂糖啊……為了我的健康著想，她都有幫忙調整，以免讓我攝取太多糖分——等等，咦？）

當著越來越自責的我面前，她做出了離奇的舉動。

少女撕開小袋子，拿砂糖朝著自己左手的指頭灑了起來。

「來。」

接著，她隨意將左手伸到我的嘴巴前面。

「咦？呃，不用了。我又不是小孩，不吃零食也忍得住啦！」

我後退並且拚命搖頭。

「來！」

即使如此，她仍不悅地蹙起眉頭，還把沾滿砂糖的食指朝我伸過來。

目睹她握著菜刀的右手使了勁，我便早早放棄抵抗。

「我、我開動嘍。」

我吸吮少女的食指。

感覺既甜又香。

指紋的獨特觸感透過舌面傳來。

這樣確實就不會讓嘴巴閒著。

不過，我有種像是被人塞了嬰兒奶嘴到口中的難堪心境。

倘若這是她旨在教育我而採取的行動，功效可真顯著。
明天起，我吃完零食應該就不會一要再要了。
（我越來越搞不懂這女的了。）
在用錢方面帳目分明。
還具備酒與菸有礙身體健康的常識。
但是，她好像不懂面對男人不可以胡亂挑釁的道理。
她確實拿著菜刀，然而我要是出手反擊，不曉得她打算怎麼反應。或許我會咬她的手指，把菜刀搶走，並且反過來將她按倒。
當然，實際上我並沒有那種膽識與體力，但以可能性來說仍十分有機會發生。
「到此結束。」
「啵」的一聲，少女將手指從我嘴裡抽離。
「是、是喔。」
後來，彷彿什麼事都沒有發生過，我又繼續素描。
這一天，少女脫節的道德觀加深了她給我的神祕感。

囚禁第7天

身心舒暢。

身體已經恢復到稱得上完善的狀態了。

這大概是我取得充分的睡眠，戒除酒與菸，還有她持續提供健康（？）餐點的成果吧。

身體健朗以後，也就有了寬裕對她的生態進行考察。

果然，從制服來看，她就是女高中生不會錯。

基本上，我也設想過制服是網購取得的扮裝道具，但至少她穿在身上的質感並不像餘興用品那麼廉價。

雖然要透過手機軟體向畢業生收購正牌的二手制服也不無可能，然而對制服講究到那種地步又沒有意義……

（話說，那是「櫻葉」的制服吧。記得在這附近也算知名的私立貴族學校。）

我看著縫在制服上的校徽，如此思索。

既沒有生小孩也沒有認真應考過的我，對於這類學校資訊並不熟悉。

但是，還記得在附近超市與我錯身而過的中年女子跟人對話時就曾提到：「哈哈，我們家沒有錢讓小孩上櫻葉啦，讀公立就夠了。」

既然家長如此置評，可以推斷那肯定是學費也相當昂貴的學校。果然，那應該屬於貴族學校。

家境寬綽得足以讀貴族學校的學生想必不會做出用手機軟體賣二手制服賺零用錢這種把戲。

那樣的話，少女穿在身上的制服果然還是可以當成她自己的東西吧。

總之，倘若她是如假包換的女高中生，會像這樣在平日的白天當模特兒讓我作畫，感覺很奇怪。

難道她不用上學嗎？

當然，應該也有常常曠課的學生，但她散發的氣質倒不像那樣。

我的集中力並不足以畫一整天的圖，因此她在當模特兒之外的時間都是待在廚房那塊空間。

不過連在那個時段，她也沒有出門的跡象。

我隨時可以感受到她在房外的動靜。

證據在於我任何時候出聲表示「想上廁所」，她都會給我回應。

（某方面來說，這大概算奢侈的囚禁生活吧。一般談到在囚禁生活中處理排泄物的常見手段，都是用便桶或尿布……）

至少我在電影或漫畫看到的都是那樣。

囚禁者也懶得每次都跟去廁所，而且他們也有自己的工作要做。

此外，要逼迫被囚禁者在精神上服從，以圖踐踏其生而為人的尊嚴，剝奪如廁的權利便能收得成效。

然而，她每次都會拿著菜刀與卸下的鏈條，規規矩矩地陪我去廁所。

這就表示她並不是想虐待我吧。

畢竟我被她囚禁以後，反而變得比以前還健朗。

（對了，她深夜時都怎麼過的？總是要回家的吧。）

我忽然對這一點感到好奇。

囚禁生活開始後，包含用餐時間的各種生活節奏都受她管控，因此我一直過著半強制性的規律生活。

連睡眠週期也變成晚上十一點前就寢，早上七點左右起床的健康循環。

（這姑且也算是對她的反抗吧。）

為了解開疑問，我比往常早入睡。

接著，早上五點左右，我就從被窩爬起來。

「抱歉！我想去廁所！」

我朝房外這麼喚道。

雖然還撐得住，我想去廁所是真的。

有幾秒鐘毫無反應。

不久，我就聽見手忙腳亂的聲音傳來。

（果然，她根本住進這間屋子了。）

看來我可以這麼判斷。

喀嚓。

不久後，門打開。

少女跟平常一樣身穿制服。

「……」

她揉著愛睏的眼睛，用單手拿著菜刀朝我走來。

鏈條跟平常一樣被解開，而她拿著其中一端帶我到房間外頭。

「妳晚上會穿睡衣就寢啊。」

才剛脫掉的衣物映入視野邊緣，我就往那裡瞥了一眼說道。

睡衣兜帽上有骷髏圖案，身體的部分則印了喪屍。款式獨特。

旁邊還有睡袋。

這似乎是仿照吸血鬼躺的棺材設計，款式也很有趣。

「！」

她聽見我說的話，就做出了出乎意料的敏捷反應。

睡袋被她用腳迅速挪了位置，將睡衣遮住。

大概是睡衣被看見讓她覺得難為情吧。

穿校用泳裝的模樣被看見ＯＫ，但睡衣就不行嗎？

當中的基準讓人不太能理解。

「總覺得我該向妳說聲對不起。」

我低頭賠罪。

剛才我只是在無心間談及眼裡看見的物品，並沒有要害她難為情的意思。

「沒關係。」

她不領情地說道。

我匆匆走進廁所方便，然後沖水。

「——你等一下。」

她接著這麼說，還帶著鏈條進了我剛出來的廁所。

廁所再次傳出沖水聲。

以方便來說嫌太快，因此那是所謂的消音手法吧。

（對喔，現在我是跟ＪＫ共用浴廁耶……）

從少女住進這間屋子的事實自然就會導出如此的結論，不過被迫用這種形式重新面對，難免會令人害臊。

砰。

彷彿在責備我有不合禮數的想像，廁所的門隨之搖晃。

「拿——」

少女有話要告訴我。

「咦？妳說什麼？我聽不清楚！」

我吼著回應。

她說話的聲音本來就小。

隔著門板不可能聽得清楚。

我把手湊在耳邊，並且將臉貼近門板。

「拿衛生紙給我。」

喀嚓，砰。

廁所的門只有打開零點幾秒，立刻就關上了。

「啊、啊啊！好的好的！原來是這麼回事。」

我急忙跑向盥洗室。

鏈條的長度吃緊，但我設法拿出了衛生紙，然後回到廁所前。

「我拿來了！」

我背對廁所，反手遞出衛生紙。

喀嚓。

「好慢。」

隨著少女略顯不耐煩的聲音，我手上變輕了。

再次響起關門聲。

（啊～～嚇我一跳……剛才她開門那瞬間露出來的應該是黑色內褲，對吧？）

我這樣該不會被究責問罪吧？

話說回來，少女有察覺內褲被我看見這件事嗎？

沒察覺的話，她未免太缺乏戒心了；萬一是故意露給我看的，又不得不說她實在把男人這種生物看得太扁。明明世上的男人未必都是像我這樣的軟腳蝦。

煩惱的來源又因而增加，我沒有心情進一步繼續認真考察她的生態，就直接回被窩躺平了。

囚禁第8天

提到囚禁生活最讓我期待的部分，果然就是用餐。

雖然入浴給我的期待度也跟用餐差不多，但是那樣的機會並非每天都有，要選的話用餐仍略勝一籌。

當然，有零食吃也很令人開心，不過那終究只是零嘴。能讓我每天過得有勁的，無疑還是以用餐為主。

然而，今天端出來的餐點依舊千篇一律，由優格、果凍、營養劑三者組成的套餐。當成病患的食物還不錯，但我實在是膩了。

「謝謝招待。」

我一邊這麼想一邊將午餐灌進胃袋，然後合十道謝。

「不客氣。」

「我、我說啊，這些食品應該都有助消化啦。不過我的身體狀況也差不多好轉了，所以會希望吃到比較正式的飯菜。應該說，我想嚐口味重一點或者有嚼勁的食物。」

她收拾了托盤準備從房間離去，我便這麼開口搭話。

「這裡沒有廚具。」

她又將托盤放到地板，並且席地而坐告訴我。

「的確，畢竟在搬家之前，我已經把所有餐具和廚具都處理掉了。」

「是嗎？」

她含糊地附和。

「咦，不過，像這塊托盤和湯匙就不是我的東西吧？這是怎麼來的？」

「我從家裡隨便找來的。」

語氣真的讓人覺得很隨便。

這些銀製餐具果然是歸她所有。

比照之前提及的制服，也能看出她似乎出生於富裕的家庭。

「那麼，妳拿的菜刀也一樣？」

「菜刀是我買來的。」

「在妳家即使有托盤和湯匙，也找不到一把菜刀？」

「我被禁止下廚。」

看來她的家庭環境滿複雜。

「……這樣啊。呃，既然買了菜刀，要不要將其他廚具也湊齊呢？只有菜刀的話，呃，感覺就像買了G筆尖，手邊卻沒有墨水和稿紙，會讓人不自在。」

我一邊運用笨拙的比喻一邊拚命向她訴說。

「你想吃我親手做的料理？」

她微微地歪頭，朝我凝視而來。

「對、對啊，可以的話。」

我點頭。

「是嗎？」

少女淡然地這麼回話並起身，然後從房裡離去。

「抱、抱歉！我是不是太厚臉皮了？如、如果有困難，買調理包或即食食品也可以。」

我擔憂自己是不是壞了她的心情，就朝著不會應聲的門板這麼訴說。

……

……

……

（是我太得意忘形了嗎……）

從我用狗狗坐下的姿勢進入反省狀態後，大概過了十分鐘。

門再次打開。

「——明天傍晚前會送到。」

她站在門口，還莫名地從我面前轉開視線，一邊秀出手機上顯示的訂單畫面。

那上頭列著一整套獲得買家高評比的廚具。

看來她剛才的冷漠態度是為了掩飾害臊。

「謝、謝謝妳願意聽取我的期望。」

「不要抱太高的期待。」

少女只有交代這一句，就收拾托盤離開了。

（即使她那麼說，我還是會期待耶……畢竟除了家人，我沒吃過其他女性親手做的料理。）

囚禁生活好像多了可以期待的新樂趣，令人高興。

「關於你要付的代價。」

少女從門縫探出了臉，好似心血來潮地說道。

「……啊，讓妳做飯的代價嗎？好，這次換成幫妳畫手指的美甲彩繪怎樣？」

上次的彩繪作業讓我抓到訣竅了。

這次我一定會畫得更好。

「不用。」

少女搖頭。

「那麼，我要做什麼？」

「畫漫畫。」

她立即回答，還拋來彷彿將我內心深處看透的銳利視線。

「呃，可是漫畫跟素描不一樣，不是妳叫我畫就畫得出來的。妳想嘛，有許多需要深思的環節，比如劇情及構圖——」

「反正你畫就對了。」

少女打斷我說的藉口，並且從門縫探出菜刀刀尖。

「……」

「畫漫畫。」

她囑咐似的重複強調，然後關上門。

（叫我畫就畫得出來的話，我哪需要吃這麼多苦頭。）

內心抱怨歸抱怨，我還是轉頭面對繪圖平板。

即使開口咕噥，即使抱頭苦思，即使滿地打滾，我還是想不出新的漫畫情節。

對於少女會親手做料理的天真期待已經在不知不覺中消失了。

囚禁第9天

吃過早餐以後。

我繼續跟繪圖平板互瞪。

隨意將框格分配完又刪掉，畫了樣似角色的草圖又刪掉，我一直在重複這套過程。

我要是那麼容易就能構思出名作，拿出的分鏡根本就不會被編輯一再打回票。

（——不對，等等喔，這次我不畫商業水準的有趣故事也可以啊。畫壞了也無妨，我又沒有要靠這個掙錢。對於編輯的觀感，或者在社群網站上能否炒出熱度，我都可以不予理會。）

少女只有叫我畫漫畫而已。

那就沒什麼困難之處。

我不必畫責任編輯要求的暢銷戀愛喜劇，只要能用漫畫討少女歡心就行了。

思索到這裡，心情便輕鬆許多。

（既然如此，還是畫有她出現的漫畫比較好。）

回想起來，至今跟她共度的囚禁生活中就發生過好幾次可以寫成故事的狀況。

（畫成日常生活風格的四格漫畫好了。）

我拿起筆。

一開始，我以她用手指沾滿砂糖餵我的事蹟來畫四格漫畫。

不到三十分鐘就輕易完成了。

先前對畫漫畫抱有的抗拒感簡直像騙人的一樣。

（這樣難免會讓她覺得我在偷懶應付吧？還是要畫個短篇呢？反正要畫，我想加入自己的玩心。）

這次我著手畫起用昨天對話內容為題材的短篇漫畫。

既然不必顧慮讀者的反應，我便想嘗試嶄新的框格分配方式與人物設計，還越畫越沉浸於其中。

「……」

回過神時，她就在旁邊了。

地板上擺著兩塊銀色托盤。

於是我才察覺現在已經是晚餐時間。

午餐似乎被我略過了。

「啊，抱歉。我現在吃。」

我連忙擱下筆，改將湯匙拿到手裡。

「我可以看嗎？」

「好、好啊，沒問題。雖然細處還沒有完稿，只要妳不嫌棄。」

我一邊趕著把午餐的份扒到嘴裡，一邊點頭。

「……」

少女操作起繪圖平板。

她細細品味似的一張一張讀過去。

而我提心吊膽地望著她那副模樣，並且把晚餐的果凍緩緩擱上舌頭。

不久，在我攝取完兩餐的營養時，她便從繪圖平板上抬起臉。

「怎、怎麼樣？」

我戰戰兢兢地窺伺她的臉色問道。

她對我復健創作的第一則漫畫感想是——

「謝謝。」

就這樣。

「呃，為什麼要謝我？」

我原本預期對作品的評語會是「有意思」或「無聊」之類，因而微微地歪了頭問道。

「……」

她沒有回答我的問題，就開始把銀色托盤疊起來收拾。

口罩使我無法辨識她整張臉的表情。

不過，她的眼角確實帶著笑。

目前有那種反應，我便心滿意足了。

囚禁第10天

啪嘎。

沙。

窸窣。

不平靜的聲響讓我從睡眠中甦醒。

（嗯……怎麼搞的？）

「&#$#*&$——！」

房外傳進來的隻字片語未能構成句意。

聽來像猿猴或貓咪的叫聲，但我不用想也知道是誰發出來的。

令人好奇她在做什麼。

我靜靜地湊到門邊。

希望能在更近的地方聽聲音。

（啊，鏈條變得比昨天長了嘛。）

看來少女似乎替我做了調整。

到昨天為止，我甚至連手指都搆不著門。

但是，現在我可以把額頭貼在門上。

（表示這是我畫了漫畫的獎勵？）

我一邊如此思索，一邊從門縫窺探廚房空間。

她正站在廚房。

手上有眼熟的菜刀。

視野被身影遮著，我看不出那是在切什麼。

她不時會發出怪聲，還舉起菜刀亂揮。

有某種剁成碎塊的物體飛到半空。

看了那笨拙的下刀手法，我打從心裡慶幸自己沒有反抗過她。

萬一抵抗，即使她沒有那種意思，菜刀也很可能失手揮錯方向，導致脅迫無法單純以脅迫收場。

我悄悄地從門邊離開。

看來那似乎是在練習下廚。

在一篇漫畫完成之前會有許多被退回的分鏡，但讀者不需要知道那些。

同樣地，我想她也不希望被人看見自己下苦功的過程。

喀嚓。

幾十分鐘過後，她若無其事從容地走進房間。

「給你。」

用餐的托盤被擺到我面前。

跟平時一樣，由三種食品組成的套餐。

但是，今天的優格加了鳳梨當配料。

（原來如此，這就是她做實驗的材料啊。）

為了讓她增進廚藝而犧牲的可憐水果，被我連同優格一起用湯匙舀起。

（光是加一點配料，感覺就比平時的優格好吃多了耶〜〜）

張口咀嚼以後，刺刺的。

「好痛！」

有東西扎在嘴唇上的觸感。

我反射性地把那塊異物吐到托盤上面。

「……鳳梨的刺？」

我望著褐色的尖刺嘀咕。

優格染上了些許紅色。

「……」

掀。

她默默地翻開襯衫下襬，把手伸進之前那只腰包。

隨後，日本國的最高面額紙幣被遞到我面前。

「妳、妳為什麼突然拿萬圓鈔出來？」

「慰問金。」

少女用認真的語氣說道。

「誠意固然重要，但我認為任何事都想用錢解決是不好的。」

「……」

她視線左右游移，一邊悄悄地把錢收回去。

「對對對，我不會因為這種小事就向人討錢啦。」

「不然要這樣？」

少女忽然把手伸向裙子。

「我也沒有那種意思。」

我轉開目光，並且制止她自揭裙底。

雖然已經連大腿的敏感地帶都露出來了，但是更上面的布料並沒有曝光，所以還算合乎尺度。

「那我該怎麼補償？」

「什麼都不用啦。這麼一點刺，我小心吃就沒有問題了。」

為了避免讓少女內疚，我輕鬆說完以後又開始用餐。

她大概是覺得無地自容，就匆匆離開房間。

（這樣看來，或許別期待她親自下廚比較好。）

我在心裡對她調降了廚藝這方面的要求。

我一邊謹慎地挑掉鳳梨刺，一邊小口小口地將這頓飯吃完。

彷彿算準了時機，少女回到房裡。

右手帶著菜刀。

至於左手——

「妳為什麼要拿掏耳棒？」

我朝樣似攪拌棒，前端有些彎曲的細木條瞥了一眼並問道。

「因為疼痛要用安樂來補償。」

少女這麼回答後，就來到我身邊跪坐於地。

她拍了拍大腿，想引導我把頭擱上去。

表示她無論如何都想為餐點裡混入異物這件事賠罪吧。

「……我想先問一句當參考，妳幫自己以外的人掏過耳朵嗎？」

「沒有。」

少女大方地這麼坦言。

讓ＪＫ掏耳朵。

單看字面會覺得是夢寐以求的情境，然而我知道少女有多麼笨拙，所以完全沒辦法安心。

只要她手一滑就會使腦漿被直接攪拌的恐懼更勝用菜刀脅迫。

「雖然妳還特地弄來道具，但我心領了。」

「……所以你果然比較喜歡這樣？」

少女動手準備掀裙子。

「——麻煩妳掏耳朵就好。」

我不自覺地用了敬語，並且就地躺下。

隔著裙子布料可以感受到她的體溫。

但我胸口的緊張感肯定不是由此而來。

好恐怖好恐怖好恐怖。

「來吧。」

少女用宛如武士出陣前的口氣說道。

「保、保重性命。」

如此回答的我闔上眼睛。

耳孔裡淺淺地有了癢癢的觸感。

好似在摸索的手法。

既然她掏得這麼謹慎，不會出問題吧。

當我如此心想時——

刮！

「唔！」

劇痛。

掏耳棒就突然深深地挖進來了。

「沒事的。」

「欸，那要由我來判斷。」

「……」

少女無視我的抗議，又繼續清理耳朵。

有幾個瞬間曾讓我不寒而慄，但勉強沒有弄出血，其中一邊耳朵就此完工。

我翻過身子。

沙沙的乾響撼動鼓膜。

「……舒服嗎？」
作業進行到一半的時候，少女問道。
「嗯，在至今的體驗中可以排進前三名。」
我沒有撒謊。
畢竟至今替我掏過耳朵的只有我、父母以及她。
「……再畫給我看。漫畫。」
不知道她是否對我的回答感到滿意。
少女用柔和的口吻要求。
「我會努力。」
我生硬地嘀咕。
就算沒有菜刀，生殺予奪的權力依舊被她掌握著。
「——結束。」
她將雙腿抽離。
我的頭在地板上「叩」地撞出聲音，耳孔獲得解放。
痛快歸痛快，卻也留下了一絲心癢的感覺。

囚禁第11天

依照約定，我今天也要畫漫畫。

起初我畫了跟昨天一樣非虛構的日常題材，卻難免感到膩。於是，我也開始構思奇幻故事的分鏡，卻又想要越界加入科幻及超能力戰鬥的元素，就遲遲理不出頭緒。

當我東想西想埋首於作業時，一下子就到了晚餐時間。

少女展露手藝的時刻終於來到。

陶盤與餐叉被擺在平時所用的托盤上面端了過來。

我用餐的時候，她大多會待在這個房間外面。

但是，今天少女卻坐定於瓦楞紙箱前，還盯著我看。

我懂她的心境。

那種心境，肯定跟我之前拿復健創作的漫畫給她看時差不多吧。

我做出覺悟，要面對她做的料理。

（這……該怎麼說呢？以和式、西式、中式來分的話，應該算西式——吧？）

我沒辦法斷言。

總之，主食是兩片美式鬆餅。

只不過表面煎得太焦，焦到乍看下似乎會誤認成烤飯糰的地步。

配菜則是疑似炒蛋的物體。

之所以只能稱作「疑似」，有其理由在。

那坨炒蛋上面淋了多得讓人以為是命案現場的番茄醬。

簡直分不出主角到底是番茄醬還是底下那坨炒蛋的狀態。

如果只是正常做炒蛋應該不會弄成這樣吧。

原本想做煎蛋捲或荷包蛋卻沒有成功，為了掩飾只好猛擠番茄醬弄成一團亂。

有這樣的感覺。

最後，還有當點心的蘋果。

這沒什麼好說，就是普通的蘋果。

只是，它有著看似海兔或克蘇魯邪神的奇怪形狀。

我猜那大概是想削成兔子的形狀吧，然而看起來實在不像兔子。

就算可以歸類成兔子也肯定是喪屍兔。

盤子恐怕是來自英國或某間名牌廠商的陶器，反而更突顯了料理的賣相有多悽慘。

「我開動了。」

「讓我來。」

少女制止了朝餐叉伸出手的我。

「意思是妳要餵我？呃，那樣未免像幼兒一樣……」

「我有身為製造者的責任。」

她單方面這麼說完，就把餐叉搶到手中。

接著，少女叉起了美式鬆餅，並且直直地朝我的嘴巴伸過來。

可以從制服的袖管空隙窺見她的胳臂與腋下。

其實那看起來比美式鬆餅還要讓人食指大動，這是我內心的祕密。

「那、那就承妳美意。」

我張開嘴巴。

少女用左手使勁掐住我的下顎，然後把美式鬆餅塞進我的口中。

……又甜又鹹。

不對，鹽味下得重了一點。

但如果當成用鹽提味的甜點，要吃也還勉強能入口。

「——接著換吃蛋。」

我指著疑似炒蛋的物體說道。

那道料理的名稱感覺十之八九是炒蛋才對，不過萬一猜錯就對她失禮了，因此我用了百分之百不會出差錯的蛋來稱呼。

「好。」

少女用叉腹舀起炒蛋（暫稱），又塞到我口中。

要說能不能吃，味道是能吃的。

番茄醬本來就是美味的東西，無論底下的蛋狀態如何，都會有能下嚥的水準。

疑似蛋殼的硬物混在裡面讓口感有點沙沙的，但是跟鳳梨皮一比就沒什麼大不了。

完全吃得下。

美式鬆餅與炒蛋（爆笑）被交互送到我嘴裡，餐盤隨之清空。

剩下當點心的蘋果，她就直接用手抓起來擰到我口中。

至於那有多好吃，並沒有特別值得一提的部分。

單純就是蘋果的滋味。

我照樣吃得下。

這頓飯，平安吃完了。

如果要對少女的手藝做個總評——

「好吃喔。」

我自言自語似的嘀咕。

雖然我盡可能擺了一副撲克臉，還是擔心會被她察覺。

「嗯。好吃——謝謝招待。」

她默默地盯著我，我就再次重複對她的誇獎之詞並結束這頓飯。

要是隨便發表感想害她失去下廚的意願，那也沒意思。

實際上，我認為以初次做料理來說算是表現得很好了。

假如她每天都端這樣的餐點出來，坦白講不好受。可是，跟昨天的鳳梨一比就可以感受到確實有進步。

相信她的上進心吧。

「不客氣。」

伴隨一如往常的固定台詞，少女用食指擦去我嘴邊沾到的番茄醬。

然後她將口罩稍微拉開縫隙，伸舌舔了舔手指。

雖然那活像被人當幼兒對待，讓我感到屈辱，一瞬間露出來的紅色舌頭卻顯得莫名嫵媚。

少女若無其事地端著托盤站起來，並且轉身。

「啊——還有，關於今天的代價，我還沒將漫畫完成……」

我流露出歉意向她開口。

「不用代價。我已經收到了。」

少女背對著我，還用平淡的語氣告訴我。

與那樣的口吻形成對比，她的腳步很是輕快。

囚禁第12天

今天也一樣，囚禁生活仍在繼續。

我的生活空間依然是這個狹窄的起居室。

一成不變的景象。

但是，也有少許好的變化。

舉例來說，睡醒後感到神清氣爽應該就是其中之一。

畢竟以往將我從睡眠喚醒的都是卡車行經屋外的聲響、沿街收破爛的廣播，或者機車轟鳴聲之類。

被歸類為噪音的那些聲音叫起床並不是多舒服的事。

然而，現在催我醒來的卻是她做早餐的聲音。

燒開水的聲音。

要說有規律──倒不至於，但是動起來仍帶著節奏的菜刀聲。

怪聲少了許多，還聽得見她哼歌。
我沒聽過的曲子。
對成為漫畫家以後始終獨居的我來說，那是有些令人懷念而放心的感覺。
從門縫偷偷望去，她旁邊有疑似食譜的書。
在這個只要有一支手機就能任意搜尋食譜的年代，卻還刻意選擇紙本的食譜，從中可以感受到她有多認真。
同時，家事都交給她處理，也讓我覺得有些過意不去。
話雖如此，被囚禁的我能力有限。
稍作思索以後，我做起了簡單的體操與健身運動。
我得避免身體在囚禁生活中變得萎靡，感覺適度運動能讓頭腦保持靈光，從心理上也有助於創作。
就這樣，當我將自己記得的收音機體操、伏地挺身、練腹肌與抬腿的運動做完兩套之後，早餐完成了。
我心懷感激地將那些吃完，清空的托盤就被裝著水的臉盆與杯子取代，端來面前。用那些刷過牙洗好臉，早上的梳洗就此結束。

接著，將各種家務收拾完畢的她來到房間。

之後只要集中力能夠持續，我就會一直畫她或者畫漫畫。

在東畫西畫之間，一轉眼便是傍晚。

『洗澡水已經燒好了。』

伴隨獨特的旋律，女性語音發出通知。

我把那當成收工的訊號。

「洗澡。」

「嗯。」

鏈條解開，我被帶往浴室。

不，我已經是主動走去的了。

「今天浴缸裡有放入浴劑。」

在我踏進更衣間的前一刻，她如此低聲說道。

「啊，是我之前拜託過妳的。謝謝。」

「……」

她默默點頭，並且轉身背向我。

在我洗澡的這段期間，她會幫我做晚餐。

我淋浴沖洗身體。

滿懷期待掀開浴缸蓋子。

（……這什麼啊？）

我懷疑起自己的眼睛。

眼前有一缸像是倒了墨汁進去的漆黑洗澡水。

水裡還頻頻冒泡。

總覺得氣味也相當驚人。

那像是把森林的芳香、柑橘香還有箱根、湯布院、草津的溫泉素全攪在一起。

這程度已經快要讓人搞不清楚是香還是臭了。

或許是心理作用，還有種咖哩般的氣味。這究竟是哪款入浴劑？

（不過，既然她都特地幫我放了入浴劑。）

我如此告訴自己，並且踩進浴缸。

起初感覺黏黏滑滑的不太舒服，但是將全身泡進去過了片刻，就覺得洗澡水與身體緊密貼合，意外地還不錯。

以體驗來說，與我在九州泡過的泥湯類似。

我將眼睛閉上，讓身體沉到洗澡水碰到下巴的深度。

沉浸於極樂之境。

喀啦啦。

「感覺怎樣？」

涅槃入定在一瞬間遭到破解。

睜開眼睛，圍著浴巾的女菩薩就在面前。

「欸，噗呼！妳怎麼進來了？」

急著開口的我差點讓洗澡水灌進嘴裡，便用手背擦過以後才問道。

少女的重要部位都遮著，但現在不只能看見乳溝，連北半球都露到接近尺度邊緣，下半身用布料遮住的面積也頂多與男性所穿的拳擊短褲相當。

即使我想轉開視線，浴室裡這麼窄，無論看哪邊，她的身影都會映入眼簾。

她那身白皙的肌膚被暖色系燈具照亮，感覺比平時還要柔嫩。

「我也要洗。」

「這、這樣啊。料理呢？妳沒一直開著爐火吧？」

為了讓湧上的情慾矛頭轉向吃東西，我如此拋出話題。
「目前還在加熱去除澀味。」
少女淡然回答。
「那、那就好，話說，這種入浴劑叫什麼名字？」
我掬起洗澡水給她看並問道。
「風評不錯的產品全都摻進去了。因為我不曉得哪種才有效。」
她睜大眼睛回答。
雖然有口罩遮著看不清楚，但我總覺得那是一副得意洋洋的臉。
（聽了就覺得是餿主意……）
內心的感想差點脫口而出，不過我硬是忍住了。
「這、這樣啊。泡起來滿不錯的喔。那我先離開浴室嘍。」
「不要緊。」
她伸手制止準備從浴缸起身的我，還快步接近而來。
「可是，空間很窄耶。」
「沒關係，這樣才節省。何況要把鏈條繫回去也嫌麻煩。」

少女好似要確認水溫，伸腳在洗澡水點了幾下並告訴我。

的確，或許兩人一起泡澡就能節省瓦斯費，但那是親子或同居情侶在做的事。

「我、我說啊，妳至少像上次那樣，多穿一件校用泳裝好嗎？」

「泡澡就是要光著身子泡的。」

如此強調的她終於坐到浴缸邊緣。

我盡可能把身體縮到另一端。

「那麼，請妳至少圍著浴巾……」

「把浴巾泡到洗澡水裡是不合禮節的。」

如少女所說，她一邊捲起浴巾一邊把身體泡進浴缸。

理應笨拙的她，這次倒是巧手巧腳地完全沒讓重要部位曝光。

難道說，女生這種生物都是從小學開始上游泳課時，就已經學會不用裸露便能換好衣服的技術？

倒不如說，戴著口罩洗澡在禮節上又該怎麼看待？

「……妳真有日本人的風範。」

我隨口說出這樣的感想，接著便放棄抵抗了。

「我會把腿伸開。」
「嗯。」
「你也要。」
「……好。」
從蹲坐的姿勢慢慢將腿伸直。
我和少女的腿交錯並列在浴缸底部。
她的腳尖不時會碰到我的大腿，坦白講，內心怎麼也靜不下來。
（就算環境一成不變，每天的生活還是充滿了刺激。）
看來我的囚禁生活天天都有版本更新。

囚禁第13天

「呃，能不能讓我喝杯茶或什麼的？」

中午過後。

感到口渴的我如此喚道，卻沒有獲得反應。

（她總不會在睡午覺吧？）

我從門縫偷看外頭。

果不其然，她清醒地睜著眼睛待在那裡。

坐和室椅的少女把瓦楞紙箱當成書桌，正在面對攤開於上頭的一本書。

而書本旁邊還有筆記本與自動筆。

（感覺上——那並不像食譜。她讀的是參考書吧。）

細節看不清楚，但我可以看出書上羅列著某種艱澀的算式。

看來那似乎是數學參考書。

少女正專心解題，就沒有注意到我的呼喚吧。
既然她那麼有意願用功，為什麼不去學校？
疑問越漸加深。
說不定當中另有少女想上學也無法如願的內情。
難道她懷著什麼煩惱？
（等等，我怎麼擔心起囚禁自己的主謀了。）
我斥責自然而然在關心對方的自己。
莫非這就是所謂的斯德哥爾摩症候群？
（但是，假如她能上學，或許就會放棄囚禁我……）
我思索著幫自己的心思找了正當理由。
（倘若如此，我該怎麼開口才好？突然就問：「妳在煩惱什麼嗎？」未免太不自然。）
我抱頭苦思。
她並不屬於話多的人，而我也一樣。
正因為口拙，我才選擇了藉漫畫表達自我一途。

（到頭來，我能做的只有努力畫漫畫而已嗎？）

畢竟從少女至今的言行舉止來判斷，她明顯是想要我畫漫畫。

（我就振作一點，認真想想新作要用的分鏡吧。）

之前我都是隨便畫幾則漫畫敷衍，然而目睹她埋首用功的模樣，不免讓我覺得自己很丟臉。

為了避免干擾到她，我悄悄從門邊離開。

我面對繪圖平板，打開久未開啟的題材備忘錄——翻到筆記的頁面。

當然，我無法否認絕大多數的點子都已經遭到廢棄。

即使如此，我仍相信可以從垃圾堆裡找到寶，便再一次從中摸索。

「午餐。」

我回過頭。

少女正拿著托盤站在那裡。

「啊，已經十二點了嗎——喔，麵線。畢竟快來到適合吃麵線的季節嘍。」

我朝盛在玻璃碗裡的清涼麵食瞥了一眼並嘀咕。

配料只加了單純的蔥花。

少女擱下托盤離去。
「我開動了。」
我迅速吃起麵線。
吃完的托盤被擱到地板，我回頭忙自己的作業。
喀嚓。
背後傳來開門的聲音。
應該是少女來收托盤了吧。
「……」
少女的動靜遲遲沒有消失。
「——呃，有什麼事嗎？」
我感受到黏人的視線而回頭。
「這個。」
少女突然拿出了剪刀。
「欸！妳這是怎樣？我畫漫畫可沒有怠工喔！現在我是在找靈感。」
肩膀發顫的我緊抱繪圖平板。

「不是的。頭髮。」

少女朝著我的頭努了努下巴說道。

「頭髮?這麼說來,瀏海好像有點煩人了。」

我用手撥起瀏海。

好一陣子沒有去理髮,因此長度已經可以蓋到眼睛。

「……」

少女點頭。

「——難道說,妳要幫我理髮?」

「休息時叫我一聲。」

她又點頭答話。

「啊,妳怕干擾到我所以願意等嗎?不然剪刀借我吧,我自己馬上可以剪。」

只需要理一理瀏海而已。

用不著幾分鐘。

「不行。」

少女搖頭。

不行嗎？

哎，她要是把剪刀給我，說不定會遭受反擊嘛。

「這樣啊。那就隨便妳剪吧。關於我這邊的作業，妳不用放在心上。我現在只是在溫習過去的筆記，不用擔心礙到我的手。所以妳不必急，慢慢剪。」

我面朝繪圖平板，並且背對著少女說道。

從之前的生活經驗，我知道少女手腳笨拙。

剪得矬也沒關係，只求無傷無痛把頭髮剪完。

「是嗎？」

腳步聲靠近。

我要求自己坐定以免上半身亂晃。

少女以手指輕撫我的頭髮。

她大概是用手代替梳子吧。

有幾分懷念，讓人聯想到母性的觸感。

她的年紀比我小，所以用這種方式形容倒也奇怪。

喀嚓，喀嚓，喀嚓喀嚓。

起初剪得緩慢，然後逐漸變得大膽。

黑髮零落掉在地板上。

我想溫習儲存於繪圖平板的筆記，卻還是因為擔心而無法專注。

……

……

「剪完了。」

經過十幾分鐘後，她靜靜地嘀咕。

「辛苦妳了。感覺清爽多啦。」

我搖搖頭，將沒有落地的頭髮甩掉。

幸好。

坦白講，她有時候會弄痛我，但起碼免去了變成無耳芳一的下場。

「打掃。」

少女開始動手收集我那些碎髮。

這是無妨。

無妨歸無妨……

「妳、妳在做什麼？」

少女把我那些碎髮收集起來，並且默默地裝進透明塑膠袋。

假如她是拿垃圾袋倒還可以理解，但我不懂她為什麼要把那些碎髮裝進附夾鏈的厚塑膠袋。

「？」

少女沒有停下手邊的動作，還對我歪了頭。

「呃，話說妳為什麼要把我的頭髮保存在耐用的塑膠袋？」

「ＳＤＧｓ。」

將我的碎髮一根不漏地回收以後，少女只留下謎樣的答覆就從房間離去。

至今我仍然不懂，永續發展目標跟我的碎髮有什麼關聯。

囚禁第14天

（不行。這樣不像話。）

我關掉備忘錄，然後仰望天花板。

我從昨天就一直在溫習過去累積的點子，然而，嘗試到最後似乎是徒勞無功。

仔細想想，這是當然的事情。

基本上，我心裡覺得出色的那幾張王牌早就已經畫成分鏡了。

如今剩下的非但算不上王牌，還只是些連正選都無法勝任的板凳球員。

靠預備選手就想打贏比賽終究是行不通的。

（非得生新的點子出來才可以。）

我知道癥結在哪裡。

然而，內心卻忍不住想找輕鬆的方式逃避。

我真是個沒用的人。

叩，叩叩，叩叩，叩叩叩，叩叩。

獨特的敲門聲響起，傳進沮喪的我耳裡。

印象中好像有諧星表演過這個題材，但我不記得是誰了。

「來了！」

「晚餐。」

少女端著托盤走進房間。

「好——噢噢！今天吃得這麼豐盛啊。」

我忍不住發出感嘆之語。

主食是帶有動人光澤，正冒著熱氣的米飯。

配菜則是淋上多蜜醬汁的漢堡排。

看起來並沒有奇怪的焦痕。

還添了小番茄、炒蘆筍與胡蘿蔔。

依舊不忘另附營養劑就是逗趣之處了。

咕嚕嚕～

肚子叫了。

從我開始過囚禁生活算起，這好像是頭一次遇上「能挑起食慾」的飯菜。

「我開動了。」

我拿起筷子。

米飯煮得稍軟。

炒青菜切得大小均等，鹽味恰到好處。

還有，作為主菜的漢堡排。

對半切開，肉汁就冒了出來。

我把肉含進嘴裡。

混合的牛豬絞肉鮮味，還有酸甜度拿捏得當的醬汁馥郁，在口中滿滿地擴散開來。

我順從欲望，把每道菜逐步裝進胃袋。

胡蘿蔔被我用來將多蜜醬汁沾得乾乾淨淨，吃得一點不剩。

「呼，謝謝招待。這頓飯真是美味……」

擱下筷子以後，我隨著舒暢的飽足感嘀咕。

「真的？」

「當然了！妳好厲害！居然短期內就進步這麼多，實在太棒了。」
如此的進步，讓我對少女坦然送上稱讚的掌聲。
客觀來看，或許她做的料理只是煮了白米飯，煎塊普通的漢堡排，再單純炒個青菜而已。
即使如此，這頓飯對我來說無疑是豐盛的大餐。
畢竟跟最初的烤飯糰風味美式煎餅一比，根本是天壤之別。
就算同樣是下廚，差異簡直大得像從轉盤式電話進化成智慧型手機。
「是嗎？」
少女淡然答道。
不過，她肯定比那句簡短的回答還要高興。
畢竟我隔著口罩也看得出來她臉部的肌肉放鬆了。
（她都這麼努力了，我也要加把勁才行——總之，光停在原地是不行的。做我現在辦得到的事吧。）
雖然她不會表現得多自豪，但我都知道。
看食譜進修也要算在內，還有那雙手上貼的好幾片ＯＫ繃，都在無言之間透露了少女下過多少工夫。

我不能輸給她。

「——那個，我有書想請妳幫忙訂購。」

我望著她的眼睛，如此開口。

「什麼樣的書？」

「講述編劇方法與素描的書。」

（既然想不出點子，就只能從外界灌輸。而且，就算劇情水準跟以往相同，只要我精進畫技，就會變得更容易閱讀。）

「我明白了。」

少女點頭。

「我要怎麼付代價？」

「用你的漫畫。」

「感謝。」

簡短的對話結束後，我換了新的心情，打定主意要勤練分鏡與素描。

囚禁第15天

今天一整天都是讀書進修的日子。

我只顧研讀早上以快遞送來的各種資料書籍。

可供參考的頁數統統都被我折了角。

儘管新的劇情大綱還想不出來，但我感覺到創意已經播了種，尚未取名的作品零件正逐漸累積。

要舉例的話，那就像灌爆前的氣球，或者跟離合器半放的手排車類似。

「吃飯。」

猛一回神，她已經站在房門前。

「啊，已經到吃飯時間啦。妳今天做的料理看起來也很美味呢。」

我抬起臉，把新刊介紹單夾進目前讀到的頁數並闔上書本。

接著將那跟其他書本一起挪到牆際，以免弄髒。

拿開瓦楞紙箱上擱著的繪圖平板，當成克難式餐桌來用。

今天的菜色是加了鮮蝦與海瓜子的海鮮義大利麵配沙拉。

海潮香撲鼻。

她把托盤擺到瓦楞紙箱上，隨即折回廚房。

緊接著，又有一個托盤被端了過來。

那上面擺著跟我完全相同的菜色。

「妳也要在這裡吃啊？」

我問了一句確認。

「不行嗎？」

「呃，當然可以。畢竟自己一個人吃飯也嫌乏味。」

我把瓦楞紙箱從橫向轉成縱向，騰出讓她放托盤的空間。

一直到昨天，少女端給我的餐點肯定也有準備她自己的份吧。但是，當時她應該都是在廚房用餐。

明明如此，今天她卻說要跟我一起吃。

不曉得少女的心境有了什麼變化。

大概可以想成我們已經彼此交心了吧。
「是嗎？」
她略顯開心地說完，就把托盤擺上瓦楞紙箱，並且坐到我的面前。將背脊打得直挺挺的端正跪坐姿勢。
「開動。」
「開動。」
我們幾乎在同一時間低聲說道。
然後，少女緩緩摘下了口罩。
明明不是什麼出奇的舉動，我卻不由得怦然心動。
因為此時此刻，是我第一次看見她的真面目。
正如我一直以來的想像，從口罩底下現出臉孔的是個美少女。
勻稱的鼻梁，還有色素偏淡的櫻色嘴唇。
鼻子與嘴巴各就其位，符合她的完美形象。
「好吃耶。魚貝類的高湯味道不錯。」
為了掩飾加速的心跳，我把注意力放在料理上。

「太好了。」

用餐叉把義大利麵送到嘴邊的她簡直像義大利人一樣優雅。

從舉止可以隱約感受到她的教養有多好。

「……」

「……」

沉默流過。

不時有容器跟餐叉相觸的聲音輕輕響起。

（既然我們一起吃飯，沒有對話還是會覺得尷尬。我得想個話題才可以。）

「那個，我有事情想問妳。」

我停下動餐叉的手，並且開口。

「什麼事？」

「我們早在之前就見過面吧？呃，比我昏倒在玄關前那天還早。」

「有。」

少女靜靜地點頭。

「果然是這樣。我總覺得在街上看過妳。」

果然，看來我並沒有認錯人。

在遭到囚禁之前，我和她就已經打過照面了。

「……」

「……」

沉默又持續了一陣。

（我該怎麼搭話？總不能直截了當問她為什麼要囚禁我吧。）

相較於起初被囚禁的時候，我認為彼此已經熟多了，可是，我不確定什麼時候會觸動到讓她發癲的開關。

目前在她伸手可及的範圍內，有把菜刀依然好端端地在那邊。

「看妳好像都穿制服耶，高中生嗎？」

猶豫到最後，我問出這種毫無意思的問題。

然而，既然她自己要穿著制服現身，被問到應該不至於為難。

「姑且算。」

少女沒有把握地點頭。

「妳沒去學校，不會出問題嗎？好比說，該有的出席天數。」

「我不清楚。」
話說完，她從我面前轉開了視線。
「這、這樣啊——呃，妳喜歡數學嗎？之前去廁所時，我瞄到妳的參考書。」
「不太喜歡……倒不如說，那是我成績最差的科目。」
她是因為不擅長才想設法克服嗎？
那樣的態度讓我覺得正符合她的作風。
「原來是這樣啊。真巧，我在求學時期也是對數學一竅不通。應該說，頂多只有美術算是我擅長的科目，哈哈哈。」
如此嘀咕以後，我便發出不自然的乾笑聲。
我對自己的溝通能力之低落感到惱火。
有洞的話真想鑽進去。
「會畫畫很令人羨慕。你很厲害。」
「有、有嗎？謝謝妳。生而為人，總會有一項長處啦。呃，妳沒有什麼擅長的科目嗎？」
「我考試成績最好的科目是國文。」

「國文啊。以前我的國文成績不好，但滿喜歡讀書，雖然我讀書的速度不太快。話說回來我懂了，原來妳喜歡國文。」

這是事實。

聽寫漢字對我而言不成問題，但遇到閱讀測驗，我就是會想東想西推敲得太深，讓自己陷進坎裡出不來。

「錯了。我很怕國文。」

「咦，不過，那是妳擅長的科目吧？」

「沒錯。考筆試的話我會寫，但是，國文課偶爾會要我們分組討論……我沒有朋友。」

「……」

少女垂下目光，斷斷續續地編織出話語。

我不知道該怎麼回話，只好噤聲。

再深究大概就不妙了吧。

總之，她內心似乎對學校有某種疙瘩不會錯。

話說回來，幸好今天的料理是義大利麵。

吃完並不需要花多少時間。
在尷尬度到達頂點之前，我們便用餐完畢。
「呃，總之，謝謝妳招待——今天的義大利麵也很美味喔。要讓海瓜子吐沙不容易吧。」
「看海瓜子吐沙是滿有趣的。」
「是、是喔。照這樣的話，明天的料理也可以期待呢。」
「是嗎？」
她點頭以後，就帶著兩人份的托盤從房裡告退。
（……到明天之前，我得多準備一點像樣的話題。）
我在地板上躺成大字，並且嘆氣。
除了漫畫，我又有了新的課題。
（話說回來，她摘下口罩時，為什麼我會感到心動啊？）
她固然是美女，但就算再漂亮，光看見臉蛋就興奮未免說不過去。
（——呃，不對，重點並不在臉蛋。我是對她「摘下口罩的行為」產生了性方面的遐想。）

據說戀物癖源自遮掩。

假如沒有裙子，裙底走光就無法成立；假如沒有穿鞋的文化，便不可能出現纏足的行為。

直到前陣子，會對口罩產生遐思的人應該幾乎不存在。

但是如今大家對戴口罩遮臉已經習以為常，露出真面目就有了罕見的價值。

照理說，要是我並不算癖好特殊的變態，會對美少女摘下口罩同樣感到興奮的男人應該不在少數。

因為被遮著就會想看。

或許這便是人世間的真理。

（說不定這可以用在某段劇情。）

靈光乍現。

我的創作天線久違地起了反應。

（但是，單純描述男人對摘下口罩的瞬間感到興奮，這樣的漫畫情節未免太偏門了⋯⋯⋯⋯⋯⋯對了！畫一篇「主角連看見任何不色的東西也都會覺得色」的搞笑漫畫不曉得怎麼樣。）

將日常生活中察覺的奇怪之處誇大，再加以渲染。

我今天讀的編劇方法書籍有寫到這種手法。

（搞笑漫畫是我以往不曾挑戰的類別，但是沒挑戰過也就等於從未失敗過。）

搞笑漫畫需要獨特的天分，因此我以往都避而不試。

可是，既然什麼都想不出來，乾脆冒險一搏也不錯。

編輯要我交的是戀愛喜劇企畫，但只要搞笑情節也編得有趣，應該就能獲得正面的評價。

（呼，今天跟她講的話比平常多，又想到了新題材，真是有意義的一天。啊，趕快趁還沒忘先做筆記吧。）

我連忙啟動繪圖平板。

為了不讓點子溜掉，我只顧振筆疾書。

囚禁第16天

又開始新的一天。

今天我要著手畫的，當然就是搞笑漫畫新作的分鏡。

根據昨天的筆記來構思劇情大綱。

考量到搞笑漫畫這個類別的特性，與其畫成長篇，還是將篇幅安排為單回完結比較好吧。

像這樣左右思索，轉眼間便入夜了。

生活在陽光無法照進來的封閉室內，對時間的感覺難免會失靈。

不久，少女端來晚餐。

和式飯菜。

白米飯與茄子味噌湯，還有烤魚。

今天，她同樣是跟我面對面用餐。

少女用筷子的方式精湛得似乎連禮儀講師都無從挑剔。

尤其是烤魚吃法，簡直漂亮得讓身為大人的我汗顏。

（好。今天我也要努力向她搭話。）

開場的話題，我早就想好了。

有個問題比什麼都應該先關心，我一直都忘了問。

「拖到現在才問妳這個也滿怪就是了。」

我將筷子併在筷枕上，然後開口。

「問什麼？」

「呃，能不能告訴我妳叫什麼名字？在對話中，繼續像這樣只用『妳』來稱呼，會讓我覺得不成體統。」

跟她的囚禁生活開始至今，已經過了半個月以上。

然而，我對她還是一無所知。

最起碼，我希望先知道她的名字。

「…………我叫此方，漢字寫法就是『彼方此方』的此方。」

她——此方原本正要剝掉烤魚的骨頭，還在姿勢僵了一陣子以後才告訴我。

「這樣啊。我的名字叫——」

「我曉得。」

我打算做自我介紹，此方便搶著開口。

「咦？妳知道的不是筆名？而是我的本名？」

我忍不住反問。

「當然。」

此方用力點頭。

彷彿魚本身就希望如此，剝掉骨頭的魚肉被她吸進口中。

「這、這樣喔？啊，也對。此方小姐，畢竟妳有我的私人物品嘛，包括繪圖平板，還有手機。而且妳也知道我的戶頭密碼，所以個資全都洩露了。」

「……叫我此方就好。」

此方面無表情地嘀咕後，便繼續動手將魚肢解。

「我明白了，此、此方——呃，慢著。我的繪圖平板應該只有用筆名註冊，在社群網站上當然也是用筆名。何況我的手機並沒有設密碼，都是靠圖形解鎖。」

為了釐清自己的思緒，我喃喃自語。

「……」

此方默默地端茶就口。

「——啊，我懂了，是錢包吧。拿駕照或健保卡一看就知道了。」

兀自想通的我伸手拍了大腿。

結論來得太理所當然，我只能苦笑。

「我在那之前，就已經知道了。」

然而，此方給的答覆讓我有些意外。

她並不是在囚禁我以後才獲得情報？

那樣的話——

「是喔？那麼，果然是我在書店搞丟手機時。此方，妳當時排在我後面嘛。拿收據的時候，我遲遲無法向店員表達清楚名字，還重複講了好幾次本名。」

「……」

此方曖昧地微笑，並且動筷夾起碗裡剩下的米粒。

「話說回來，找我的生日很辛苦吧。畢竟我在社群網站上的發文大多是些無聊的內容。」

我確實曾在社群網站上主動提到出生年月日，但我再糊塗也不至於明記在個人資料的欄位。

如果此方沒有從我發表的塗鴉、動畫實況文以及吃飯圖一路溯及生日蛋糕的照片，應該就無從得知我的出生年月日。

「並不會。因為我是你的書迷。」

此方有些害羞似的低聲說道。

「是這樣喔！」

「單行本，我全套都有。」

「全套嗎！」

「還有特典，我也收齊了。」

此方一股勁地這麼告訴瞠目驚訝的我。

她嘴邊浮現了有幾分自豪的笑容。

「是喔？原來是這樣，真令人欣慰。」

我發自內心這麼說。

我曾在社群網站收到書迷的感想。

然而，像這樣直接面對自己的書迷還是頭一次。

頂多受託幫人畫過書店宣傳促銷用的簽名板，但我並非人氣旺得足以單獨舉辦簽名會的漫畫家。

（嗯？不過，既然她是我的書迷，為什麼要做出囚禁這種騷擾人的事啊？）

如此的疑問浮現腦海。

可是，我怕毀掉目前的良好氣氛，就沒能進一步多問些什麼。

囚禁第17天

果然，做人重要的是互相溝通。

從我開始跟此方對話以後，她監視的目光明顯放緩了。

這並不是我的偏見。

證據在於此方連陪我到廁所或浴室時，手裡不拿菜刀的日子也變多了。

呃，精確來講，她只是假裝菜刀還帶在身邊，卻掩飾得太過笨拙，一看就知道手裡並沒有菜刀。

不知道那是習慣造成的鬆懈，還是對我寄予信任的證明，或者兩者皆有。

（總不可能是為了觀察我的反應才特地設陷阱吧。）

我甚至冒出這般戒心。總之，頭幾天那種生命遭受威脅的恐懼感已經沖淡了。

（如此一來，當下的問題在我這邊才對。想畫搞笑漫畫，果然不是一朝一夕就可以成功的……）

我瞪著繪圖平板思索。

新作的分鏡從一開始就卡關了。

搞笑漫畫跟我以往畫過的漫畫截然不同。

好比角色的造型，單純畫成美男美女並無法帶來喜感。

話雖如此，露骨地讓醜化過的角色擔任主秀也不符當代潮流。

結果，我作畫一方面要將普通人加以誇大渲染，另一方面還必須仔細拿捏畫風裡的「輕鬆」氣息，然而要刻意如此下筆實在不容易。

頁面框格若是當成普通的漫畫來分配，也會讓運鏡變得單調無趣。

有時候也要讓人物從框線突出去，或者放膽在頁面上到處留白，當中需要下許多工夫。

要說的話，以往我都是採取照本宣科的畫法，這對我而言就成了反覆從錯誤中學習的過程。

（好辛苦——但是，也有與其相當的樂趣。）

感覺上跟我為了投稿新人獎，埋頭畫漫畫時有些類似。

或許現在光是能找回這樣的心態就該謝天謝地了。

叩，叩，叩。

「請進。」

我含糊地回應背後傳來的敲門聲。

「我泡了冰茶。中暑的話就危險了。」

「啊，噢，謝謝妳。」

我擱下筆，轉向此方那邊。

她的左右手各拿著玻璃杯，朝我走了過來。

季節尚未正式進入夏天，今天卻有些悶熱。

「……順利嗎？」

此方說著就坐到我面前，還拋來窺探般的視線。

「呃，老實說，不太有進展。我在挑戰畫新作的分鏡，但實在很難上軌道。」

我大口暢飲裝在玻璃杯的冰茶，喝掉了約三分之一才回答。

清爽的茶香與冰涼感讓喉嚨備感舒暢。

說來慚愧，我進步的就只有變得敢大方吐苦水這一點。

畢竟真正難熬的時候，我連談及這些話題都會感到排斥。

「…………如果你有需要，可以把我的事情當成題材。」

此方靜靜地望著杯裡融化的冰塊一會，到最後才下定決心似的開口。

「哈哈哈哈哈！畫妳啊？此方，那樣行不通啦。」

她那狀況外的發言讓我忍不住笑了出來。

我目前的處境與其說是搞笑，更貼近於驚悚。

類別不同。

以紀實漫畫來講或許可行，但是「漫畫家被女高中生囚禁的故事」實在與現實脫節過了頭，肯定沒人會相信。

基本上，假使我用此方的故事當題材，萬一那篇漫畫誤打誤撞地爆紅，屆時會困擾的人是她自己。

『原來那部熱銷的漫畫，竟然有實際的模特兒存在！』要是讓週刊記者或電視採訪團隊定了這樣的標題到處追著此方跑，不曉得她打算怎麼辦。

「是嗎？」

此方冷冷地回話，然後拿起冰茶就口。

咕嚕咕嚕咕嚕咕嚕咕嚕咕嚕。

她的喉嚨響個不停。

「呃，此方，妳該不會生氣了？抱歉抱歉。我現在是在畫無厘頭的搞笑漫畫，所以在現實中身為ＪＫ的妳沒辦法拿來當題材。不過，妳肯為了我拚命思考，我很感激。」

我低頭致意。

「……」

此方原本喝冰茶的手頓時停住了。

看來她的心情似乎有所改善。

（這麼說來，我好久沒笑了。）

我忽然察覺。

被此方囚禁之前，我已經有好一段時間都笑不出來。

想畫搞笑漫畫逗讀者的人把自己搞成這樣才真的是笑柄。

（幸虧我想起了「笑」是什麼樣的心情，好像就能掌握搞笑的感覺了。講話會天外飛來一筆的人也滿符合搞笑漫畫的調性。）

跟人溝通果然很重要。

既能轉換心情，還可以促使靈感出現。

「此方，雖然我不會拿妳的事情當題材，不過多虧妳講的話，感覺分鏡即將有進展了。」

我露出微笑。

「？」

此方不解似的稍稍歪了頭。

囚禁第18天

新作的分鏡總算起步了。

我還想出了幾段笑料，頁面逐步被填滿。

話雖如此，以起承轉合來說，進度仍在承的開頭而已。

「晚餐。」

此方走進房裡。

她已經不敲門了。

而我也覺得沒那種必要。

「哇啊！這是蛋包飯嘛。妳真的幫我煮了耶。」

我看見占據著大盤子的黃色半球狀物體，就高興地叫出聲音。

今天的餐點是我向此方提出要求的。

此方最近似乎對廚藝有了自信，偶爾會主動問我想吃什麼。

順帶一提，這沒什麼好說嘴，但我的味覺跟小朋友差不多。
我最喜歡簡單明瞭又重口味的食物。
「今天的比較特別。」
此方自信地挺起胸脯說道。
我不經意向她點了這樣的菜色，然而仔細想想，對烹飪新手來說，蛋包飯似乎頗有難度。
至少我就沒有自信能巧妙地用蛋把米飯包好。
她做這道菜應該付出了相當多努力。
證據在於此方的那盤蛋包飯，蛋皮邊邊是破掉的。
意思是她把煮得漂亮的這一盤讓給我了。
「這樣啊，真令人期待。而且，上面還附了訊息！」
我這盤蛋包飯上面有著用番茄醬寫成的「加油」字樣。
昨天，我跟此方提到分鏡難產的事情，她才表示關心的吧。
「……我還注入了能讓你提起衝勁的咒語。」
此方含蓄地這麼補充說道。

「啊，妳是說像女僕咖啡廳那樣嗎？比如『好萌好萌心動動』之類的詞。」

假如是這樣，我希望她當著我面前表演。

「錯了。我用的是所羅門魔法的咒語，因為月相正好適合施法。」

她回答的口氣輕鬆得像是在說「因為肉有特價很便宜」一樣。

（雖、雖然聽不太懂，卻能感受到她相當有拚勁。）

這麼說來，此方穿的睡衣也有骷髏和喪屍圖樣，或許她喜歡跟神祕學相關的事物。

「總、總之，我趁冷掉之前先開動嘍！」

我把湯匙插進蛋包飯。

番茄醬的紅還有雞蛋的黃很能挑起食慾。

先將熱呼呼的表面稍微吹涼後，再送進口中。

「——嗯，好吃！這在我吃過的蛋包飯裡也許可以排到第一名。」

吞下第一口的我說道。

接著，我立刻就舀起第二、第三口。

「太好了。」

此方微笑以後便動手吃起她那盤蛋包飯。

我狼吞虎嚥地一口氣吃掉半盤蛋包飯。

之後我們一邊和睦地談笑，一邊用完了這餐。

「……呼～～謝謝招待，我有拚勁了。多虧妳做的蛋包飯，今天似乎能多畫一點。」

說不定咒語真的見效了。

我滿心想要立刻開工。

「加油。」

此方說完，還把雙掌朝著我張開，擺出灌氣般的姿勢。

「好！我會更加努力，所以等分鏡畫好之後——」

『此方，妳要不要也試著面對自己正在逃避的事物？』

我差點這麼說出口，然後就轉念打消了主意。

自己有權擺架子說那種話嗎？

我連她叫什麼名字都是到最近才曉得，就這麼厚著臉皮干預她的私生活好嗎？

哎，說起來在這當下，我依然被此方以囚禁的形式強烈侵犯到私生活空間。但就算這樣，我是不是就可以擅自踏進她的內心世界當成回敬，那又是另外一回事。

「……」

此方靜靜地聆聽我所說的話。

「呃，沒什麼。總之，我會努力畫分鏡的。」

我放輕聲調，語帶苦笑地告訴她。

「是嗎……」

此方微微點了頭，然後端著清空的餐盤從房間離開。

（先專注於眼前的分鏡。即使要向此方提意見，也要等分鏡畫完再說。）

現在的我仍然不算個人物。

起碼要畫出能讓我抬頭挺胸自稱漫畫家的分鏡，否則，我對自己所說的話不會有自信。

囚禁第19天

聽說吃下紅色貝雷帽就可以成為超級漫畫家，跑來眼鏡村的我卻拿到了被人下毒的綠色貝雷帽。

「——醒。」

但是綠色貝雷帽其實是1UP貝雷帽，分裂過的我合體後就變成了完美型態。

「——醒醒。」

本來我以為這樣便無人能敵了，結果因為戴眼鏡的臉難以分辨，用替身無限調包的手法就此成立後，以定額薪資任意使喚基層的黑心動畫業界從而萌芽。

「快醒醒！」

（嗯！）

耳邊響起的大音量讓身體受驚做出反應。

「……啊，早安。」

我睡眼惺忪地撐起上半身。

總覺得好像作了一場不得了的夢。

「已經晚上了，我本來覺得別叫醒你比較好，可是發現你沒有呼吸……」

此方過意不去地說了。

無呼吸症侯群？

「這樣啊。我是想小寐一下，卻不小心熟睡了。」

我搔了搔頭。

昨天分鏡畫得順手，我就一路忙到了黎明前，才會產生反作用。

「幸好你似乎滿有活力。」

此方安心地鬆了口氣。

「抱歉讓妳擔心了——話說，妳今天穿便服耶。」

我睜圓了眼睛。

上半身是黑色的V領針織上衣。

胸口印有山羊圖樣。

即使稱作山羊，倒不是圖畫書或幼教動畫會出現的那種可愛形象。

而是畫風完全走寫實路線的山羊。
羊角描繪得怵目驚心，眼睛也很嚇人。
下半身的裙子同樣是黑色。
屬於格紋裙，但類似蕾絲的質料帶著些許透明感，讓人眼睛不知道該看哪裡。
頸子、右手腕與左大腿都配戴了黑色的帶狀飾品。
換句話說，全身上下都黑漆漆。
簡直像去聽死亡金屬樂團演唱會，或者參加哥德愛好者聚會才會有的打扮。
再不然，那看起來也像安息日前夕的魔女。
（她穿衣服的品味果然是屬於這一型。）
回想起來，這是我第一次看見她穿便服。
總覺得很新鮮。
「今天，我出去辦了點事情。」
此方一臉從容地說。
「哦，妳去了哪裡？」
「這是——祕密。」

此方把左手食指湊在唇邊，使壞似的告訴我。

「這樣啊——啊，妳的衣領旁邊有沾到東西。是塵絮嗎？」

我指向此方的後頸說道。

什麼東西啊？那看起來像是白色的線頭——

「咦？…………——！」

此方伸手摸索自己的後頸。

不久，她的指頭就摸到了疑似線頭的玩意兒。

當此方捏起，轉頭確認到「塵絮」真面目的那一瞬間，她就用全速衝到了房間外頭，還使勁關上門。

（我只看見了一下下，剛才那好像是價格的標籤吧？表示那件便服莫非是此方特地買來穿給我看的？）

我茫然目送此方，跟著就思索起這些。

當然，或許單純是我自作多情。

但如果我猜得沒錯，我會覺得那是相當令人高興的一件事。

「……」

幾分鐘後。

此方一臉若無其事地回到房裡。

「怎麼樣?標籤拿掉了嗎?」

「沒有那種東西。」

她搶著回話。

「呃，不然妳怎麼會急著離開房間?」

「……我是去拿這個。」

此方把原本藏在身後的東西遞了過來。

那是狀似用一根棍子貫穿了兩片輪子的道具。

「健腹滾輪?」

「對——因為你偶爾會健身。」

她朝我的身體瞥了一眼並說道。

「嗯，對啊，為了避免身體衰弱。有道具的話，感覺效率確實比較好。原來這是妳特地幫我買的嗎?」

「給你。」

「謝謝。我立刻用用看。」

我收下此方遞來的健腹滾輪。

雙膝跪地，手裡則抓著握柄的部分。

讓滾輪的部分觸及地板，採取類似伏地挺身的姿勢。

就這樣往前伸展身體，擺定五體投地的姿勢後，再回歸原位。

「噢噢，感覺不錯。」

相較於普通鍛鍊腹肌的方式，感覺這樣更能讓全身施力。

伸過去，縮回來，伸過去，縮回來。當我將這套動作重複幾次，身體漸漸熱起來的時候，背上就突然感受到了重量。

「——妳為什麼要坐到我身上？」

手臂打顫的我問道。

「這是在協助你健身。」

背上有冷冷的說話聲落到耳邊。

彷彿跟背脊發熱的程度呈反比。

脖子和臀部一帶還受到了尖物扎進肉裡的刺激。

好痛。好痛好痛好痛。啊，不過也有點舒服。

原來假指甲還可以當武器嗎？

「……妳是不是有點生氣？」

「沒有。」

「是嗎——那就好。」

我感受到再深究會惹禍上身的氣氛，便默默地繼續鍛鍊。

結果，在我體力迎來極限而癱在地上之前，此方始終不肯從我的背上起來。

另外，當天晚餐有隨附乳清蛋白。

看來此方說要支援我健身似乎是真的。

囚禁第20天

延續先前的作業，我依舊在畫分鏡。
當然，我也沒有忘記要一併勤練畫技。
分鏡碰到瓶頸，我就會請此方當素描的模特兒，當成調劑心情兼提升畫技。
「素描快要沒有新樣式能畫了耶。」
從我開始畫此方算起，已經過了半個月以上。
正面自然不用說，我早就畫過她的側身、背影，幾乎從站到坐的所有姿勢都嘗試過了。
「那麼，像這樣呢？」
話說完，此方緩緩躺到我的被褥上。
「欸，那可是我的被窩。」
我忍不住吐槽。

儘管此方偶爾會幫忙換床單，我還是擔心有沒有沾上自己的體味。

會不會臭啊？

「……要一起睡嗎？」

此方像是在模仿貓咪，輕輕握起的拳頭向我招手。

「妳也變得很敢說了呢。」

起初此方開口都只有隻字片語，如今卻連玩笑話都說得出來了。

「跟我的睡袋交換也是可以。」

她嘻嘻笑著告訴我。

「那樣有那樣的困擾。」

居然要我鑽進ＪＫ用過的睡袋，總覺得有點變態。

聞到香味八成會輾轉難眠，萬一臭的話又將導致形象幻滅。

「不然，你就認命畫吧。」

「哎，雖然這確實是新的姿勢啦。」

我放棄被窩，面向繪圖平板。

然而，心裡還是覺得難為情。

為了排解害臊，我把手伸向身旁裝了麥茶的杯子。

「咕嚕咕嚕咕——咳！咳！咳！」

喉嚨感覺有異樣。

我咳個不停，反射性就用上臂掩住嘴巴。

「你、你還好嗎！」

「咳咳，咳！不、不要緊，只是氣管稍微被嗆到。」

我對看似擔心的此方這麼回答，然後用上衣下襬擦了嘴，又回頭畫素描。

呃，雖然我打算將心思擺回素描——

嗝。

嗝。

嗝。

傻氣的聲音從喉嚨無意識地冒出來。

「打嗝？」

「好像是。嗝，傷腦筋了，手會抖，嗝，不方便作畫。我得先設法，嗝，讓這樣的症狀停住。」

自己無法控制的橫膈膜發生痙攣，讓筆下的線條歪掉。

「……閉上眼睛。」

此方臉色嚴肅地說。

「咦？為什麼？」

「反正你閉上就對了。」

她用不由分說的語氣強調。

「好、好啦。」

我照吩咐閉上眼睛。

從狀況來判斷，此方似乎想設法幫我消解打嗝的症狀。

之所以叫我閉眼睛，表示她想用那招嗎？

難道說，此方打算讓我嚇一跳？

不曉得她準備做些什麼。

該不會用吻的吧？

（想得美～～看太多戀愛喜劇漫畫了啦。哈哈哈。）

我暗自對腦內的桃色妄想一笑置之，胸口瞬間就「砰」地遭受衝擊。

身體後仰倒下，後腦杓竄出痛覺。

霎時間，呼吸隨之停止。

（沒、沒辦法換氣。）

我想活動手腳，卻莫名其妙地使不上力。

難道我被按住關節了？

「唔～～！唔～～！唔～～！」

我睜開眼睛。

此方冒著血絲的雙眼就在眼前。

褐色布條闖進視野邊緣。

（鼻、鼻子跟嘴被她用枕頭蓋住了！）

感覺生命正面臨危機。

事到如今，我才想起自己遭受囚禁的立場。

但是就算想起來也不代表我能有什麼作為。

意識逐漸遠去。

（已經沒救了嗎——）

在我即將放棄的瞬間，力道忽地變輕了。

「妳、妳突然搞什麼啊！」

我撥開此方的手臂並且起身。

「咦？聽說要治好打嗝，可以用嚇人或憋氣的方式。所以嘍，雙管齊下應該會更快見效吧，我想。」

此方有點害怕似的退開。

「咦！是、是喔，原來是這麼一回事嗎？嗝。」

「看來還不行。」

「唔嗝！」

世界喪失聲音。

此方纖細的手指頭恰好堵住了我的兩邊耳孔。

感覺腦漿會被攪成一團亂！

「這、這次又是怎樣？」

我溫和地抓住此方的手臂挪開，解除自己被迫上耳栓的狀態。

「刺激耳朵裡的迷走神經也是一種方法。」

她一臉呆愣地說。

「這、這樣啊。呃，我明白妳做這些都是為了我著想，但下次能不能在事前先做個說明？」

對心臟的負擔未免太大了。

「我知道了——所以呢，你還會打嗝嗎？」

「啊，停住了。」

我回過神撫摸喉嚨。

此方用的手段固然激烈，但好像確實有效。

「那麼，繼續畫素描吧。」

「好。」

我再度拿起繪圖平板。

這次素描從各方面來說都很刺激。

囚禁第21天

「你喜歡哪種料理？」

中午吃義大利麵當正餐的時候，此方忽然提出了這樣的問題。

「肯〇基的炸雞吧。」

我立刻回答。

此方發問的用意是要了解我今天想吃什麼東西，這我曉得。

但是，我忍不住冒出惡作劇的念頭，脫口就講了這種壞心的答案。

坦白說，她親手做的料理是有一點點讓人膩了。

畢竟此方下廚的時日尚淺，會做的菜色並沒有很多。

不過，我更希望看她露出各種不同的表情。

「……我現在就去訂。」

「不用啦，我跟妳開玩——」

「笑」這個字還沒有講完，此方就面無表情地離席而去了。

明明午餐才吃到一半，她卻一直沒有回來房間。

看來我明顯壞了她的心情。

此方大概是解讀成我對她做的料理有所不滿吧。

雖然我根本沒有那種意思就是了。

（我真是沒事找事耶……）

我一面感到後悔，一面匆匆把午餐吃完了。

儘管我面對繪圖平板想動工畫分鏡，卻不太能進入狀況。

為了轉換心情，我一會健身，一會撿房裡的垃圾，漫不經心地任由時間過去。

叮咚～～！

當我反覆將線條畫了又刪，刪了又畫，就有門鈴的聲音傳進耳裡。

我嚇得身體打顫。

（不知道是誰按的——等等，是那個吧。）

我一瞬間陷入思索，卻立刻就想到了。

肯定是外送員把餐點放在門外的信號。

不久，如我所料，門開了。

「晚餐。」

此方用冷冷的口氣說道。

「鏘！」的一聲，托盤被她連摔帶砸地擱在地板上。

而托盤上擺著我中午點的炸雞與薯條套餐。

此外，連已經讓我產生懷念感的餐後營養劑都復出了。

「……」

此方一度從房間離去，然後又端了另一個托盤回來。

跟往常一樣，她坐到我面前。

但是，從她把身體朝向旁邊這一點可以明確感受到她的抗議之意。

我大口啃起炸雞。

相當好吃。畢竟我就喜歡吃這個，當然會覺得美味。

這種能直接滿足食慾的垃圾食物滋味是在家庭裡難以重現的。

然而，吃得太香會對此方過意不去，因此我盡可能裝成面無表情。

「——嗯。沒錯沒錯，就是這個口味。」

儘管我想設法討她歡心，但東西是我自己要求的，總不能抱怨難吃，講出來的感想也就變得無關痛癢。

連我都覺得這種台詞像是沒了氣的可樂。

「……」

此方又轉了九十度，變成完全背對我了。

「啊，啊～～不、不過，雖然偶爾吃一次會覺得好吃，還是敵不過某個人滿懷心意親手做的料理呢。」

我用做作的語氣這麼嘀咕。

「你不用為我操心。」

此方賭氣似的說了。

然而，她的身體再次轉了九十度，變回側身的狀態。

這樣看來，只需要再加把勁嘍？

「不不不，我說真的。此方，好希望明天能吃到妳親手做的料理耶，比如像咖哩或炒飯之類。」

話一說出口，我便試著舉出連廚房新手也相對好掌握的菜色。

「最近似乎連即食調理包的食品都很好吃。」
她把薯條一根接一根塞進嘴裡，腮幫子鼓得像松鼠一樣。
此方平時用餐都相當優雅有禮節，所以她這是故意的吧。
「抱歉，我只是想跟妳開個玩笑罷了。此方，我對妳做的料理並沒有什麼不滿意的地方。」
我老實地招認了。
「——為我作畫就原諒你。」
此方爽快地面向我，並且用吸管喝了裝在紙杯裡的飲料才說道。
「太好了。不過，單純畫妳就跟平常一樣了吧？」
為她畫素描已經成了我每天的功課。
「那麼，呃，替我畫彩圖可以嗎？」
此方一邊張口咬下炸雞一邊往上瞟著我問道。
「嗯，可以啊。」
我點頭答應。
「乾脆替我畫裸體素描。」

「……這我辦不到。」

我稍作思索後告訴她。

就算我再厲害，也還沒有練就可以平心靜氣畫裸體素描的無我境界。

如果沒有在天體營沙灘無動於衷的精神力，就不配描繪ＪＫ的全裸。很遺憾。

「是嗎？」

此方顯得有點遺憾地噘起嘴脣。

飯後所畫的素描，成品比平時更好。

雖然對此方過意不去，能夠看見她跟平常不同的表情，似乎對我造成了良性的刺激。

囚禁第22天

我跟此方無疑已經加深了親密度。

不僅主觀來看是如此，我還有客觀角度的證據。

我會這麼說，是因為之前鏈條的長度勉強只能讓我觸及分隔客廳與用餐空間的門，現在卻延長到可以讓我自己一個人去廁所了。

假如這不是受她信賴的象徵，那要怎麼解釋才對呢？

總之，儘管我就這麼獲得如廁的自由，卻依舊鬆懈不得。

像昨天那樣，一有疏忽還是會壞了此方的心情。

囚禁的限制好不容易逐漸放寬，如果我無端生事破壞彼此的信賴關係，那也未免太蠢了。

因此我在上廁所之際，都會嚴守先朝房間外頭說一聲的規矩。

（唔，忽然內急。）

我今天同樣用繪圖平板作業，那種感覺就冷不防地來了。

下腹部會咕嚕嚕嚕地蠕動的感覺。

明明剛才上小號時都安安分分沒有作怪，現在卻突然發作。

最近拜此方親手做的健康菜色所賜，我排便都很規律，但或許是昨天吃了垃圾食物，導致腸胃出狀況。

這也算自作自受吧。

（混帳！明明分鏡卡在精彩的部分，肚子這邊卻說拉就拉！）

我懷著這種莫名其妙的不滿擱下筆，並且趕到門邊。

「我要上廁所嘍！」

我快嘴快舌地說道。

上廁所還要報告，簡直像學齡前兒童的舉動而令人難堪，不過這也是為了自我防衛。

（……居然沒有反應。）

平時此方都會規矩地出聲回應「好」或者「請便」，今天卻偏偏聽不見。

「那、那個，我、我要上廁所了喔！」

我以變調的聲音如此重複。

等待幾秒鐘，還是沒有反應。

（混帳，我已經忍到極限了！）

「反正我要上廁所啦！」

大聲喊過以後，我打開門，急急忙忙地衝進廁所。

……

……

……

（呼……得救了。）

我大口吐氣。

排泄的快感會被形容成無與倫比，理由並不只是從肉體的痛苦獲得解脫。能夠保住生而為人的尊嚴就是一種幸福，更可以讓精神滿足。

我一邊體會那種開悟的境界一邊走出廁所。

事情還沒有結束。

一直到洗完手為止都算是排泄。

用肥皂與水洗去汙穢的殘漬，能讓人誤以為自己完美得有如不會大便的偶像。

其爽快感比以往的紀錄高五成之多。

豈有不洗手之理。

我這麼想著，心情愉悅地把手伸向通往浴室的門。

「啊。」

「哇。」

結果，那裡已經有人了。

目光交接。

此方正將裙子脫到一半。

黑色胸罩與底褲硬是烙進我的眼底。

「抱、抱歉！我剛才上了廁所，所以想洗手！我立刻出去。」

我閉上眼睛並且旋踵。

「等等。」

霎時間，我感覺到肩膀被拉住，只好留在原地不動。

「真的很抱歉！明明發生了這種像漫畫一樣的幸運色胚情境，或許妳會覺得是我在撒謊，但真的是出於偶然，千真萬確！要我賠罪幾次都可以，拜託別捅我！」

我拚命這麼辯解。

之前此方沒有回應我的呼喚，人也不在廚房，我就該料到她是準備要洗澡。

但說來實在窩囊，上完廁所的解放感讓我一時鬆懈，ＩＱ便下降了30左右。

「我不會那麼做。你轉向這邊。」

此方用沉著和緩的語氣說道。

「好的。」

我依然閉著眼睛，就這麼將身體轉了一百八十度。

聽得見衣物摩擦的聲音。

她是在穿衣服嗎？

「……把眼睛睜開。」

「我知道了——欸，妳身上怎麼還是只有內衣褲！找衣服穿啦！至少圍一條浴巾或什麼吧。」

我猜錯了。

剛才那是此方將裙子完全脫掉的聲音。

「你會害羞？」

她看似莫名開心地這麼問。

「那還用說！畢竟，我第一次看見女生只穿內衣褲站在我面前。」

自己說出口更覺得羞恥，我便打算從她身上挪開視線。

然而，我的臉卻被此方用雙手夾著固定住了。

「但是，你在漫畫裡有畫過只穿內衣褲的女孩子。」

此方微微歪頭。

「呃，我是畫過那種圖，不過那是參考內衣型錄或者二次元圖片畫的。我又沒有看過真正的女性……」

「這樣啊。那麼，你要不要畫畫看我穿內衣的模樣？」

此方挑釁似的說完，就用右手撥起頭髮，還模仿寫真偶像擺出用左臂強調胸部的姿勢。

「呃，那樣實在有點……」

我沒有自信能持續直視只穿內衣褲的她。

「是嗎？」

她有些遺憾似的低下頭。
「嗯。實在不妥當。」
太好了。
此方打消主意了嗎？
我剛感到放心……
「那就沒辦法了——昨天才被拒絕畫裸體素描，我要復仇。」
她卻說起這種胡鬧的話。
接著，她把手指伸向胸罩肩帶，準備將罩杯輕輕往上提。
「咦？不不不，再怎麼說都是開玩笑的吧？裸體耶，沒內衣也沒錢拿喔。」
由於腦袋混亂，我脫口說出意義不明的話。
「二選一。裸體或只穿內衣，讓你選。」
此方對我提出如此絕情的選項，還開始準備撥掉肩帶。
看來她是認真的。
「呃，那、那麼，妳把內衣穿著。」
我不由得這麼回答。

之前我在某則網路報導看過。

這叫以退為進。

先獅子大開口誘使對方拒絕，之後再縮小條件以達成真正訴求的心理手段。

既然她祭出了如此高竿的談判招數，那我也沒辦法。

看來只能畫她穿內衣褲的模樣了。

（話說，我這樣判斷應該沒錯吧？即使選擇畫裸體，她也不至於真的脫掉內衣褲吧？）

真相任由心證。

結果我在洗完手以後，就跟只穿內衣褲的此方一起回到房間。

然後，我提筆畫起毫不猶豫地躺上床的她。

起初我感到動搖，還擔憂自己會不會根本無心畫素描。

不過，意外的是一旦開始動筆就沒什麼好介意了。

我在美術館觀賞裸女像也覺得那很美，卻不會因而興奮，當中道理是一樣的。

（話說回來，居然能幫正牌ＪＫ畫只穿內衣褲的素描，仔細想想，這算是相當寶貴的經驗。）

我對法律並不算熟悉，然而我個人並沒有就讀美術大學，還在日常環境做這種行為，照常理想是會遭到逮捕的。

難得有這種際遇，我要盡可能活用這次機會。

（原來如此，少女在躺下來的時候，腹部的肉並非單純凹陷，有些微隆起更顯得柔軟好看。）

從此方的身體有許多光看二次元照片無法明白的新發現。

雖然說漫畫家為數眾多，實際以ＪＫ練習畫技的人應該不常見吧。

思考到這裡，我好像就對自己的圖多了點自信。

囚禁第23天

「謝謝招待。妳今天也煮得很好吃喔。」

我吃完法式吐司配法式清湯的優雅早餐，並且合十致意。

「不客氣。」

此方看著我吃完的餐盤露出微笑後，便從房間離去。

（啊～～怎麼辦？吃飽就睏了。小寐一下再開工吧。）

我在被褥上躺成大字。

閉起眼睛。

當我茫然思索著分鏡的內容，昏昏欲睡的時候。

爬爬爬爬爬爬。

「唔喔！」

手臂有搔癢感，我因而起身。

睜開眼睛，就發現有隻小小的褐色蜘蛛。

我不禁甩了甩手。

蜘蛛落在地板上之後，便無處可去似的徘徊於四周。

（放它到外頭好了。）

先把手朝著蜘蛛伸過去，然後瞥向窗戶——於是我察覺到。

（等等，這根本行不通嘛。我明明受到了囚禁。）

我自然而然就忘記了。

（咦？這樣是不是很糟糕啊？我對這種異常的環境太過適應了。）

我變得面無血色。

冷靜想想，我目前的精神狀態是不是非常不妙？

跟此方的信賴關係確實日漸加深，生活環境也獲得改善，感覺就不急迫需要從這裡逃脫了——說來我是有這樣的心態。

但是，從我在囚禁生活第2天摸索過是否有可能逃脫以後，至今一次都沒有下工夫要逃，這樣實在不行吧。

（好。今天就來認真擬定一下逃脫計畫。）

我這麼打定主意。

「啊～～桌上作業果然會讓肩膀僵硬。」

首先，我決定假裝做伸展操好測試鏈條長度的極限。

我趁著抬腿健身之便，靠近窗戶。

（果然行不通嗎？）

手還是沒辦法搆到窗戶。

雖然說鏈條變得比最初囚禁時長，目前若不能再長個兩倍就難以成事。

（玄關那邊——就更不用說了。）

由於有她在廚房附近，當下連要挑戰往玄關逃脫都無法實行。

但是，鏈條長度原本就只能勉強伸到廁所與旁邊的盥洗室，連試都不用試。

（還是破壞鏈條——到底行不通。）

這個房間沒有能用來破壞堅固鏈條的道具。

即使把鏈條抓起來往地板或牆壁砸，或是設法弄到湯匙或餐叉慢慢銼，聲音都會被她發現。

（這樣的話，只好大聲呼救嘍？）

之前我就思考過這一手，但還是不行。

假設我的聲音傳到了鄰居耳裡，還幸運讓對方幫忙報警，警察要是趕來這間屋子，此方肯定會慌忙地拿出這陣子許久沒見的菜刀，並且持刀威脅吧。她原本手腳就不靈巧，再加上心急的話，或許會把我削得像先前醜兮兮的喪屍兔蘋果那樣。

（此方捅了我以後要是有警察踏進屋裡，她將淪為罪犯。）

這就是我駁回大聲呼救這個方案的頭號理由。

（回想起來，此方去買衣服那一次，是我嘗試逃脫的最大機會。）

我發出嘆息。

當然，此方應該也是看我睡得格外熟才會外出購物，所以終究並沒有機會吧。

（走投無路了嗎……假如有什麼狀況讓此方出門，到時候再來多試試好了。）

我認為現階段不可能獨力逃脫，便選擇予以保留。

（結果只能等待此方改變想法，因而起意放棄囚禁我嗎？）

我隱約懷著如此的希望。

（那樣的話，還是要讓她把心思放到外界才是明智之舉。感覺此方懷著跟學校有關的煩惱，我固然也希望幫她分憂解勞……為此，目前我該專注的——果然還是漫畫。）

思路毫無進展，回歸到跟十天前一樣的結論。

不過，還是有跟先前不同的地方。

我的分鏡正按部就班地逐漸完成。

就我本身的感覺，已經畫好八成了。

但是在劇情發展到高潮的部分卻遭遇瓶頸，怎麼也想不出要如何收尾。

令人焦躁。

（等這篇分鏡畫完，就提起勇氣跟她談吧。感覺只差一點，只差一點點便可以完成了……）

我的意識從逃脫計畫遠離，再次航向創作的汪洋。

——

——

——

以上，是我在被囚禁第23天實際思考的逃脫計畫大綱。

回想起來，我從那時候就已經變得不對勁了。

畢竟那太違背常理了啊。

比起自己受到傷害，我的內心居然更抗拒讓她成為一名罪犯。

不過，當時我並不覺得那樣的思路有什麼異常。

事後細思，當然就會發現還有許多可為之處。

既然體力已經回復到充沛的狀態，我大可用蠻力制伏此方，然後從屋子裡逃出去。

比如我可以告訴她「想畫背影的素描」，藉此製造可乘之機，再用鏈條束縛其手腳，要展開反攻就很容易。

即使不那麼做，我也可以預先在白天充分補眠，等她睡著就能發動襲擊。

憑囚禁第23天的鎖鏈長度，理應連這類策略都可行。

但是，我甚至全然沒想過要用那種粗暴的手段。

那比什麼都更能佐證我在無意識之間，已經連心靈都受到她的支配了。

當時的我大概已經名符其實地成了此方的「俘虜」。

囚禁第24天

想不出點子。

（這就是「行百里者半於九十」嗎？）

即使引用諺語裝聰明，想不出來的東西還是想不出來。

我擱下筆，默默地做起了深蹲。

（因為好色星人下達要求：「將地球上最好色的人交出來，否則就炸掉整顆星球。」主角便被選為地球的代表。他會用與生俱來的妄想能力一一克服好色星人提出的難題——到此為止都沒有差錯。問題在於高潮戲，最後的考驗是要「對好色星人發情」。然而，守著最後關卡的好色星人卻有一副醜陋的外表，連宛如慾望化身的主角都被嚇得不敢領教。好似一旦直視就會讓SAN值面臨危機的邪神般的容貌，令人噁心反胃的腐臭。主角要怎麼突破這個難關呢……）

我一邊鍛練腹肌一邊苦思。

（話說我總覺得分鏡卡關就健身已經變得像常態循環了耶……）

遭受囚禁前，我根本沒有這種習慣。

談到調劑心情的方式，之前我都是讀別人的漫畫或者玩電玩，即使會活動身體，頂多也只是到附近便利商店買個東西順便散步。

畢竟我討厭運動，更沒有想過要健身。

不過，現在又如何？

活動身體對我來說簡直變得像呼吸一樣。

「吃飯。」

在我東想西想到一半，此方就端午餐過來了。

「啊，好的。今天的午餐還真健康耶。」

我停止健身並坐到地板上。

糙米飯配鈣質豐富的沙丁魚串；涼拌菠菜，還有夏季時蔬清湯。

宛如某間健身器材廠商設計出來的菜色。

「昨天的晚餐熱量稍微高了一點。」

此方把托盤擱到紙箱上，然後思索似的微微歪頭。

「妳是指炸豬排嗎？那道菜也很好吃，不過我今天食慾有點消退，或許要感謝妳準備了這種清爽的菜色。」

「那就好。你要細嚼慢嚥，那樣對消化比較好。」

「說得沒錯。」

我慢慢咀嚼，將午餐吃完。

然後我喝著此方幫我泡的綠茶，並且再次面對繪圖平板。

可是，我還是想不出點子。

（不過仔細想想，這樣的煩惱還真奢侈。一個月前，我明明連聽見漫畫這個字眼都會覺得反感。）

雖然說目前卡在情節發展，光是能將分鏡畫到這個地步，對我來說已經相當於奇蹟了。

（能撐到這一步，全都是托此方的福吧。）

憑我一個人，究竟能不能振作到像現狀這樣？

不，八成沒辦法。

儘管我決定搬家逃避一切，如果照常過獨居生活，到頭來，我依舊會沉溺於酒與菸吧。

就算能戒掉那些，吃飯肯定也要依賴超商食品或店家賣的餐點，愛吃什麼就盡情吃什麼，至少我可以輕易想像飲食生活的健康程度應該跟現在不能比。

（不只身體方面。從精神上來說，遭受囚禁對創作活動反而也是一種幸運。）

置身於沒有網路的環境，使我在作業時不會分心。

當然，也無法推三阻四地自己找理由跑出門。

物理與精神上的退路都被堵住，造成了逼我不得不面對漫畫的狀況。

（此方擅自囚禁我至今，對她懷有這種感情是很奇怪的。明明很奇怪……）

囚禁是不折不扣的犯罪。

只要身為一名善良的市民就不該容許，反而要深惡痛絕才對。

即使明白事理是如此，現在的我心裡仍充滿了對此方的感激，這是無法否認的事實。

「欸。」

此方一邊幫我倒茶續杯一邊出聲喚道。

「怎、怎樣？」

意識被拉回現實。

我剛好在想此方的事，因此總覺得有點羞人，聲音稍微變了調。

「有空閒的話，可不可以讓我幫你刮鬍子？我從之前就覺得在意。」

話說完，她朝我的臉指過來。

「鬍子？啊，對喔，這段期間一直在留長。」

我摸了摸任由鬍渣增長的下巴。

仔細想想，遭受囚禁以後，我一次都沒有刮過鬍子。

在他人眼中看來，儀容肯定已經變得相當邋遢。

基本上，這種狀態在我為了創作而進入繭居模式時並不算稀奇，但是要跟女高中生面對面相處或許就不合宜了。

「你要忙的話，也不用急著現在刮。」

此方含蓄地補了一句。

「不，現在刮就好。當成幫我轉換心情吧。」

我喝完杯裡的茶然後說道。

「那麼，我去拿工具。」

「好。」

此方離開房間到了外頭。

「……久等了。」

回來的此方左手拿著熱毛巾與刮鬍膏，然後，右手則拿著剃刀。

乍看之下，那算是挺普遍的刮鬍道具組──可是……

「咦，妳要用那個刮？不要緊嗎？刮鬍子要是失手，會滿痛的耶。」

此方手裡拿的並不是附刀頭的安全剃刀。

那就像理容院大叔會用的刀刃外露的那一型。

「我很熟練。」

此方露出若有深意的笑容告訴我。

「這樣啊。」

（她明明不擅用菜刀，卻擅長用剃刀嗎？）

我懷有如此的疑問。

哎，女生處理身上雜毛似乎也挺費工夫的。

照我看來，此方的膚質剔透得連體毛都沒長，但她或許在背後也付出了許多維持美貌的努力。

「那我要開始了。」

「麻煩妳手下留情。」

用毛巾熱敷嘴邊。

刮鬍膏泡泡撓得我癢癢的。

「……真不可思議。」

此方嘀咕。

刀刃撫過嘴邊的鬍鬚。

金屬的冰冷，以及摩擦的熱度。

相反的觸感孕育出獨特的舒適。

「咦？唔？哪裡不可思議？」

我漫不經心地用像笨拙腹語術者的嗓音反問。

後腦杓時而有被此方的胸部頂到的柔軟觸感，讓我不太能專心於對話。

「雜毛是從自己身上長出來的，可是，它卻被疏遠嫌棄，還會被剃掉。明明大家都異口同聲說要愛惜自己的身體，就只有雜毛受到排擠。總覺得它好可憐。」

剃刀很快就征服了嘴唇上緣，還朝下巴的鬍鬚侵略而來。
此方的舌頭跟刀刃差不多靈活。
不知道切換的開關在什麼地方，但她好像屬於聊到有興趣的事就會變得饒舌的那一型。
我算是御宅族，所以能理解她的心情。
話說回來，還真是獨特的想法。
儘管我從事創作型職業，感性卻趨近凡人，因此有點羨慕像她這樣的著眼點。
「從這方面來說，鬍鬚仍算幸運的呢。還是會有人把蓄鬚當成時尚。」
「呵呵，有時候留著不上不下的希望才叫殘忍。」
此方發出乾笑聲說道。
溫暖的幸福感軟呼呼地包裹住我的半邊腦袋。
此方將下巴擱在我的髮旋，甜美的嗓音便以骨傳導的形式撼動大腦。
「原、原來如此，還有這種觀點啊。」
我擺出認真的表情說道。
跟男人談正經事時，不可以穿插美色（告誡）。

「……有時候，我會分不清楚，到哪邊為止是自己，從哪邊開始就不是呢？剪下的頭髮、指甲，有多久時間算是我？剪掉的瞬間就不再是我了嗎？或者說，要等到被當成垃圾丟掉，然後遭到焚化的那一刻呢？」

「抱歉。我沒有學養，不太懂那種哲學性的艱澀問題。」

我老實招認。

就算不懂裝懂，我的笨腦袋也會立刻露餡。

不要逞能比較好。

「呵呵，你的漫畫讓我喜歡的就是這一點。」

此方開懷說道。

「我該不會被愚弄了吧？」

「我沒有愚弄你。我說的，反而是在誇獎你。」

沙沙，沙沙，沙沙。

房裡唯有此方動刀的靜靜聲音響起。

不知道為什麼。

那時候，我的腦海裡浮現了曾幾何時在電視上看過的深海影像。

囚禁第25天

分鏡仍未完成。
再怎麼思考，還是想不出有什麼邏輯能讓主角對又臭又噁的好色星人發情。
乾脆把主角改成專愛極度醜八怪又喜歡臭味的特殊性癖怎樣？
不，那是逃避的做法。
主角好色歸好色，終究要保持一般讀者也能認同的性喜好才行。
「你沒事吧？難道說，我煮得不好吃？」
此方擔心似的朝我搭話。
「嗯？啊，對不起，我在想事情。妳做的料理很好吃啊。」
如此回答的我連忙動起筷子。
今天的午餐是薑燒豬肉定食。雖然不算最愛，也還是我喜歡吃的菜色。
「是漫畫難產嗎？」

此方說著就用薑燒豬肉捲起高麗菜絲，放進口中。

「妳果然看得出來？」

「畢竟最近你都不太畫我。」

此方有些落寞地說。

「啊，說得也是。我希望一鼓作氣完成，所以都在畫分鏡……其實，我是卡在結尾的劇情，真的只差一點點就能完成了。我怎麼也想不出讓主角打倒最終強敵的方法。」

話說完，我啜飲加了蘿蔔的中式熱湯，洗去嘴裡的油膩。

「……讓我看那篇分鏡。」

此方擱下筷子，還帶著略顯緊張的臉色說道。

「嗯，好啊，沒問題。假如妳有什麼發現，能給我建議就太令人高興了。」

我輕鬆說著，下巴朝繪圖平板努了努。

基本上，我會找此方商量分鏡，終究只是對她表示信賴的環節之一，並沒有認真期待她能給出建議。

假如能像老套的懸疑劇那樣，在不經意的日常對話之間讓人得到突破現狀的提示就好了——我充其量只會這麼期待。

「我懂了。」

此方點了頭，並且停止用餐。然後她保持跪姿，用握起的拳頭輔助自己移動到繪圖平板的位置。

雖然說仍在分鏡階段，有人在身邊讀自己畫的漫畫，感覺還是滿難為情的。

我壓抑這種心境，還裝得一臉若無其事地繼續吃飯。

仔細想想，我畫的可是「連不色的事物都能用有色眼光看待的主角」，讓ＪＫ看這樣的漫畫妥當嗎？會不會構成性騷擾？

哎，既然此方說過她是我的書迷，應該不要緊吧。

……

……

大約過了十分鐘。

當我吃完飯，看完分鏡的此方就擱下繪圖平板。

然後，她回到我的面前。

「謝謝你讓我看。」

此方低頭說道。

「然後呢，妳覺得怎樣？」

「內容很有趣。」

此方露出微笑閉上眼，並且滿意地點頭。

「那太好了。現在只剩想出結局就大功告成啦……」

我搔搔頭。

「——說起來，敵方好色星人為什麼會來到地球呢？」

「咦？」

我抬起臉。

「畢竟主角輸掉比賽的話，好色星人打算爆破整顆地球吧？那麼，它的目的應該並不是侵略。畢竟將地球毀掉的話，好色星人就沒辦法利用了。那麼，它為什麼要專程從遙遠的宇宙來到這裡呢？我在想這件事。」

此方握拳湊在下巴，帶著認真的表情深思。

平日話少的她會對我的作品感興趣到說了這麼多意見，很令人欣慰。

「的確，好色星人那邊跟主角較量的利因太小了。假如好色星人想藉著離譜的難題看地球人受苦來取樂，總有其他更好的手段。」

「對。那麼，好色星人為什麼想跟主角較量呢？」

此方微微歪頭。

「——這我倒沒有想過耶。」

我低頭交抱雙臂。

我都在思考主角的事情，就沒有深掘最終強敵的設定。

因為是畫搞笑漫畫，我便沒有顧慮敵方行為與動機的統合性，但是這似乎值得思考看看。

「……說不定好色星人是覺得寂寞呢。以往它一路跟各個星球最好色的雄性較量過，卻都沒有對手能用有色的眼光看待好色星人。然而，在它內心某處肯定一直希望自己能輸掉比賽，所以它才會跨越全宇宙，無謂地不停尋找好色的雄性。」

「……」

此方附和似的點點頭。

「——我想到了！好色星人一直想被人用好色眼光看待。這樣子，就有讓主角覺得色的要素了！即使外表跟色再怎麼沾不上邊，雌性會希望被人用好色眼光看待，本身就是一件很色的事！」

我出掌拍了大腿，並且抬起臉。

對喔！原來是這麼回事！

好色星人才不是想用難題考倒人。

它只是一直在尋找能把自己當雌性接納的存在。

這就是最終強敵——好色星人的弱點。換句話說，是主角克服難題的突破口。

「謝謝妳！此方！多虧有妳，這篇分鏡有希望完成了！」

我感激得忍不住握起此方的雙手。

「呃，我、我又沒有提供你多了不起的建議。」

此方縮起身子，嘀嘀咕咕地回話。

「啊，那個，對不起。我自顧自地激動起來了。」

我連忙放開手。

「沒、沒關係。」

此方臉頰泛上紅暈，又開始用餐。

「……此方，那這次換妳了。」

我下定決心開口。

「咦？」

「妳是不是也有什麼煩惱？好比在學校發生的問題之類。」

既然要跟她談，我認為只能趁現在。

「——被你看穿了啊。」

此方說著就露出讓我無法分辨是在哭還是在害羞的奇妙表情。

「嗯。老實說，我的觀察力並不算多好，可是我難免會去思考為什麼妳基本上都穿著制服，又為什麼在這裡用功讀書。不嫌棄的話，我願意聽妳談心事，就當成妳陪我討論分鏡的回禮。」

雖然分鏡還沒有完成，多虧她給的建議，我現在有頭緒了。

打著回禮的名義，我就敢踏進她的內心世界。

對漫畫家來說，拿未完成的分鏡給人看，羞恥程度跟裸身見人差不多。

既然她看了那篇分鏡，那我也有權利踏進她的內心世界——我這麼想。

大概。

「……」

此方捧著裝白米飯的碗，直接靜止不動。

「那、那個，如果妳會排斥，當然就不用勉強告訴我。」

我慌慌張張地朝此方揮起手掌。

「不。我說……我想告訴你。」

此方說完就擱下飯碗，然後喝了些茶潤喉。

「好。」

我挺直背脊。

「——事情開始於單純的感冒。」

「感冒？」

「對。最初的一兩天，我就像平常那樣跟學校聯絡請病假——正常來想，感冒都是過一兩天就會好吧。」

「嗯。」

「不過，那次我得的感冒惡化了，休養到第三天只有稍微退燒，身體狀況還不能上學。然而，那天早上因為有丟垃圾、收包裹之類的雜事要做，我剛好就忘了聯絡學校。」

此方仔仔細細地詳述。

以往她應該也累積了不少想講的話吧。

平日話少的她宛如假象一樣。

「哎，也是有那種情況。」

只要是人都會疏忽。

「對。不過即使我沒聯絡，學校那邊也都沒有來電。到了第四天，雖然已經沒有發燒，身體卻有點倦怠，於是我就在猶豫要上學還是為保險起見多休息一天。」

此方說到這裡停頓了一下，還嚼起涼掉的薑燒豬肉。

「光是會猶豫就很了不起嘍。換成我的話，就會毫不遲疑地偷懶。」

「老實說，我也想裝病繼續請假。不過，我沒來由地打定了一個主意。假如學校有聯絡確認我的病情安危，自己就算遲到也要去上學。你想嘛，那類似於小學生會許願『如果都只走在行人穿越道的白線上回家，考試就可以拿100分』的心理。呃，很孩子氣就是了。」

說到這裡，此方便羞赧地垂下目光。

「不會啦，像我偶爾也會冒出『只要衛生紙扔進垃圾桶，作品就可以再刷』之類的念頭。」

當然，結果我許的那些願望從來沒有成真過。

「那倒是滿可愛的占卜方式，然而，像我這樣就是將自己的事情交由第三者決定，這是卑鄙的做法——不過，後來學校依舊沒有聯絡。於是間隔星期六日，到了星期一，再不去上學實在不行，我就準備好書包走到了玄關。」

「真了不起。」

「才沒有。畢竟我在那時候就突然發覺到了。即使我好幾天都沒上學，也根本沒有人會擔心我。無論我去不去學校，都沒有人會介意，連朋友也沒有，那我上學到底是為了什麼呢？我搞不懂了。之後，我就怎麼也無法朝學校踏出腳步。」

此方嘀咕似的說完，嘴唇便閉成了一線。

「嗯～～上學的理由啊……我想想喔。比方說，為了拓展將來的選項，或者起碼要讀到高中才能成為像樣的大人，這些都算老生常談的意見吧？哎，不過我自己也選了漫畫家這種廣義上的投機行業，所以根本不配拿理想的大人形象當講題對妳說教。」

我對順口就報上漫畫家職銜的自己感到驚訝。

不知不覺中，我已經做回漫畫家了。

哪怕我目前並沒有連載作品，只不過是自稱，我又能認同自己是個漫畫家了。

「漫畫家是不折不扣的行業吧！可是，我都沒有想做的事情，而我家裡又有錢到只要不奢侈揮霍，大概這一生都不需要工作也能過生活的地步，所以那些說輟學不好的理由都不太能打動我……當然，我的頭腦也明白這是奢侈的煩惱。」

「呃，妳何必那麼慚愧……出生在富裕的家庭又不是小孩的責任。我覺得呢，小孩有充分的權利將天生賦予的環境用來方便自己。」

畢竟是父母擅自把小孩生到世上的，有什麼能用大可放手去用。

「是這樣嗎……」

此方加快眨眼的速度，並且態度曖昧地微笑。

「是啊——不過，嗯～～此方，我對妳讀的學校並不熟悉，但缺席一個星期的話，校方總會跟監護人聯絡吧。」

我用單邊手肘拄在瓦楞紙箱上，托腮說道。

千金小姐讀的貴族學校會對學生不聞不問到這種地步，說來也有點匪夷所思。

「我想他們大概有聯絡，說不定在第三天的時候，老師就已經打了電話到家長的手機。然後呢，那個人肯定是給了『因為家中有事』之類的答覆，或者隨便找個讓學校不方便干預的藉口。」

「妳為什麼用推測句？」

「因為我媽媽不常回家，我們的生活節奏也不合拍。」

此方語氣冷淡地嘀咕。

「這樣啊……」

我既不肯定也不否定，而是用中立的口吻附和。

此方的家庭環境相當令人好奇，但我怕打斷目前的話題，就沒有多深究。

不過，我明明問到了「監護人」，此方卻只有提及母親。

換句話說，此方跟父親已經天人永隔，要不然就是彼此關係比那個「不常回家的媽媽」還要疏遠吧。

「啊，不過，希望你別誤解。現在我並沒有要辯解什麼，因為我是希望上學的。你想嘛——『雨珠並沒有自己所想的那麼自由。不過，只要混進河水當中，遲早會流向大海。』」

「是我在漫畫裡寫過的台詞耶。原來妳真的是書迷。」

我難為情地感到羞赧。

「你懷疑我？」

此方略顯不滿地鼓起腮幫子。

我知道自己也有女性讀者，但沒料到會有這種美少女ＪＫ書迷。不過，既然我的漫畫能讓此方的心靈變得積極正向，那就相當令人慶幸。

「不是，我並沒有懷疑過妳，但之前讓我連載作品的畢竟是一本迎合男性客層的漫畫雜誌……抱歉，妳繼續說。」

我伸出右手催此方把話說下去。

「……嗯。說來很奇怪，一旦決定要上學，我就開始害怕別人的目光了。比如說，被旁邊的人搭話該怎麼辦？班上同學又會怎麼看我呢？明明我就是討厭都沒有人在意才會拒絕上學，如今卻害怕引起別人在意。時間拖得越久，越是讓我感到害怕。」

此方用筷子夾起高麗菜，手舉到一半又放回盤子上。

「是嗎……我覺得自己稍微能體會妳那樣的心境。像我的話，害怕的就不是學校，而是漫畫。只要一天沒畫，隔天提筆就會心情沉重。那不是單純加倍而已，欲振乏力的感覺應該是以乘方或函數性的形式在增長。」

「……」

「抱歉，我有點打腫臉充胖子。之前妳在溫習數學，我覺得自己身為大人卻什麼也不懂會很丟臉，就隨口比喻了。」

我垂下目光，打算讓凝重的氣氛得到舒緩，講話便摻了一絲說笑的調調。

「呵呵，你在跟我對抗什麼啊——不過，你說得對。『正因為要走得比誰都遠，我的第一步才會比誰都慢。』」

她自嘲似的說。

「此方，我明白妳是書迷了，拜託別從我的漫畫引用台詞，聽了好羞恥。」

我用雙手摀著臉。

「會嗎？明明很帥氣耶……」

此方用略顯不滿的口吻嘀咕。

「總之，既然妳有意願上學就努力看看吧。我既不是老師也不是精神科醫生，當然沒辦法給妳多了不起的建議，但是為了讓妳去學校，如果我有什麼幫得上忙的地方，請讓我協助妳。」

「不、不對，那樣實在不行。你還有畫漫畫的工作吧！」

此方猛搖頭。

「這是答謝妳幫忙找漫畫靈感的回禮。還有，大概也算服務粉絲吧？」

為了避免此方客氣，我輕鬆說道。

「真的？」

她試探似的問了。

「嗯。請務必讓我報恩。」

我深深地點了頭。

「是喔……──那麼，你能不能陪我模擬練習上課的情境當復健？」

此方擺出眉間用力的表情朝我問道。

「可以啊。呃，我扮演同學的角色就好了嗎？倒不如說，我要扮演老師會有點困難。以腦袋來想。」

哎，我早就已經成年，扮高中生也很怪就是了。

（不過，我才二十多歲，年紀勉強可以說是年輕人吧？何況我也算娃娃臉。）

我如此說服自己。

「呃，請你扮演同學的角色。」

此方嘀咕。

結果，她揣度了我的心理。

「妳想模擬上什麼科目的課？」

「英文或音樂選一種。」

「當中用意是？」

「英文課會讓學生兩人一組開口唸教科書的內容，音樂課則會讓學生合奏……

我最怕需要分組活動的科目。」

此方急著動筷解決剩餘的飯菜，一邊回答我。

「原來如此。那兩科讓我選的話，就音樂吧。」

儘管我對音樂也不算多擅長，但我自認英文完全不行。

「那麼，要先換衣服。」

「哎，真實感很重要嘛。不過，妳有準備學生服嗎？」

「我把制服——冬裝借你。或許穿了會有點熱。」

嗯？

「呃，要穿妳的制服？由我穿嗎？」

我懷疑自己的耳朵，忍不住就向此方確認。

「對。可以的話。」

「呃，雖然我這副德行，但姑且還是男的耶。」

「我讀的學校是女校。」

此方略顯尷尬地告訴我。

讓人吭不了聲，毫無反駁餘地的理由。

既然要模擬在女校上課，沒有女同學當然就算不上練習。

「原來如此，我懂了。此方，讓我穿妳的制服吧。」

我用力握拳附和。

事到如今怎能說不穿就不穿。

這也是為了此方好。

我甘於承受。

「謝謝你——呃，那麼，總之我先收拾餐具。」

此方將用餐的托盤收走，然後拿制服過來。

之後她又到了房間外頭，還發出零碎的乾響。

我猜那應該是在找音樂課要用的道具。

在這段期間，我穿上此方的制服。

（……好像勉強穿得上。）

當然襯衫的釦子只能扣到底下兩顆，腰圍也有點緊，因此裙子拉鍊是半開的。

假如我是女高中生，已經算半個痴女了。

（話說，總覺得聞起來好香。）

當然，我曉得自己聞到的大概是洗衣精或柔軟精的香味，然而想到這是此方穿過的制服，心情就怪怪的。

「你好，請多指教。」

此方開門走進房間後，向我低頭行禮。

她在胸前抱了一只外觀像吉他盒，尺寸則小了兩圈左右的玩意兒。

看來練習已經開始了。

話說，原來此方對同學講話也用敬語啊。

「嗯，彼此彼此。我才剛從公立學校轉來，對這所學校並不熟，所以或許會給妳添許多麻煩，還請見諒。」

我站起身，簡單地舉手做出回應。

我的成長背景再平民不過，對於貴族學校的文化完全不了解。

因此，我要把自己設定成「突然轉到貴族學校的平民男人婆」。

「沒關係。畢竟我的琴藝也不好——距離發表的時間不多了，要來練習嗎？」

「嗯。來吧。」

「……那麼——」

此方把樂器盒擺到地板上，並且打開。

從裡頭拿出來的樂器讓我訝異得瞠目。

（小提琴？）

因為她說是音樂課，在我的想像裡頂多是用直笛或口風琴那樣的樂器演奏。不過，想想也對，畢竟是貴族學校嘛，上課也會用到這種器材吧。

「呃，我匆忙搬家過來，還沒買樂器耶。所以，我用聲音陪妳練習可以嗎？」

先當成有這麼一回事。

「我知道了。那麼，我負責伴奏。」

此方點頭以後，就開始演奏小提琴。

我不清楚跟櫻葉高中學生的平均水準相比，此方的琴藝算高還是低。

但我聽說過小提琴是連發出聲音都不容易的樂器，而此方演奏的琴聲毫無間斷，可見她並非全然是新手。

話說，此方演奏的這段前奏是——

（我的作品改編成動畫的片頭曲嘛。）

「……在課堂上演奏動畫歌曲行嗎？」

「為了迎合新手，我們往往都是練吉卜力或迪士尼的動畫歌曲。」

此方一臉呆愣地說。

「要選的話，吉卜力或迪士尼的接受度應該比較廣沒錯啦。」

我露出苦笑。

兩者確實同樣屬於動畫配樂的範疇，然而我那部漫畫改編的成品是完全沒希望拿下奧斯卡獎的。

（她用有夠期待的眼神看過來……）

不用說，縱使我是原作者，當然也不代表我就能將自己作品的片頭曲唱好。

可是，她那對散發光彩的眼睛讓我屈服了。

「『撕掉的～～書頁，潦草記下的地圖～～塞進口袋以後～～雖然一直都～～忘記了～～』」

我傾全力扯開嗓門。

被鄰居投訴的話怎麼辦啊。

「……」

此方則是不顧我的擔心，有時還一邊看似滿意地點頭一邊繼續演奏小提琴。

為了回應她，我也跟著在丹田使勁。

……

……

……

結果，這堂課足足上了五十分鐘之久。

到最後我還被迫獻唱片尾曲，在肉體與精神上都累壞了。

「多、多少有幫到妳嗎？」

我邊揉喉嚨邊問。

「嗯，謝謝。我有精神了。」

此方一邊把小提琴收進琴盒，一邊回答我。

「那太好了。」

我自然而然地露出笑容。

（這麼做究竟能不能當成上學的練習啊……）

老實說，我並不是沒有這樣的疑念。

不過，既然此方顯得樂在其中，總之就當作一件好事吧。

「那個……之後，可不可以再找時間請你陪我練習？」

「可以啊。為了在妳想練習的任何時間都能配合，我明天就會畫完分鏡。」

我如此宣布，並且面對繪圖平板。

雖然有疲勞感，心情卻不錯。

我有預感畫分鏡的最後衝刺會相當順利。

囚禁第26天

「謝謝招待。」

吐司配荷包蛋的簡單早午餐吃完以後，我將雙手合十。

「不客氣。那麼，我要收餐具了。」

「嗯。感覺妳今天好像很忙。」

平時我們在餐後都會談笑片刻，今天的此方卻莫名匆促。

「吵到你了嗎？因為你說分鏡預定會在今天內完成，既然這樣，我覺得應該要準備特別豪華的菜色來慶祝。為了那頓飯，有許多食材正在處理。」

此方快言快語地說了。

她似乎相當賣力。

我倒沒有覺得被吵到，不過聽她一說，廚房好像從早上就有細碎的各種聲響。

「啊，原來是這樣，謝謝妳。分鏡確實預定會在今天內完成，但如果來不及，總覺得對妳不好意思。」

「是嗎……不過就算分鏡沒完成，我們照樣可以慶祝啊。」

此方一邊拿起托盤一邊微微歪了頭。

「怎麼說？」

「咦？因為，今天是你的生日吧？」

此方帶著好似要驚嘆「真不敢相信」的表情將眼睛睜大。

「啊！對喔。這麼說來，今天是我的生日。」

我為之愕然。

看來我一直埋首於畫分鏡，甚至連自己的生日都忘了。

「所以不管分鏡有沒有完成，我們都要慶祝。」

「的確。那樣的話，無論結果如何都不錯。」

我微笑著附和。

（話雖如此，在這個節骨眼沒把分鏡完成可就要不了帥啦。）

分鏡已經進入收尾的階段了。

我拍了臉頰振奮自己。

運筆畫出最後一幕。

重新審視細部的台詞以及跨頁呈現方式，並且從頭到尾再讀一遍。

……

……

……

「——好，完成了！終於……終於……」

我擱下筆。

然後伸了個像在喊萬歲的大懶腰。

彷彿算準了時間，「日落遠山」的鐘聲音樂遙遙傳來。

已經到傍晚了。

我站起身，搖搖晃晃地走向門。

「此方，完成了喔，分鏡。」

我稍微拉開門，從門縫探出臉說道。

「太好了！——啊，我這邊也快了，不用十分鐘就能完成，你再等一下下。」

圍著圍裙的此方回頭告訴我。

她手裡拿著胡椒研磨器。
砧板上有看似昂貴的牛瘦肉正迫不及待地準備過火。
「嗯。」
我點頭，並且回到房間。
明明沒有喝酒，心裡卻莫名茫然。
創作苦歸苦，完成一項作業時的成就感卻伴有幾分陶醉感。
「久等了。」
不久，此方就端著托盤出現了。
以蒜香勾起食慾的牛排，搭配切片的長棍麵包與上頭盛著的起司，沙拉與玉米湯。另外，還有草莓蛋糕。
這些菜餚井然有序地一道道擺到了我們當成桌子的瓦楞紙箱上。
在寒酸的瓦楞紙箱上吃豐盛晚餐，這種不協調的組合感覺滿有意思。
「做這些料理辛苦妳了。」
「嗯——恭喜你完成分鏡，生日快樂。」
此方拍手說道。

我也跟著含蓄地拍手。

「嗯，謝謝妳——然後，呃，我跟妳說。」

話說到這裡，我變得有點吞吞吐吐。

「……怎樣？」

「那個，我在想，可以的話啦，既然要慶祝，妳可不可以別穿制服——感覺換便服會更好。」

我鬼頭鬼腦地視線亂飄，好不容易才表達出自己的訴求。

「！」

此方睜大眼睛。

「妳想嘛，基本上妳都穿制服，所以說，換便服比較有特別感——不行嗎？」

我側眼窺伺此方的表情說道。

「不會！我現在就去換！馬上好！」

此方哼著歌，還三步併兩步地從房間離去。

不久她穿著便服回來的模樣超乎我的期待。

包裹其身軀的，並不是之前那套黑漆漆像魔女一樣的衣服。

而是既潔白又清純，帶有禮服風格的連身洋裝。

那身打扮就算穿到某間高級飯店的餐廳用晚餐，也毫無不自然之處。

「原來妳也有這樣的便服。」

「我好歹也是千金小姐啊。」

此方側身坐到地板上，還略顯自豪地挺胸。

「很適合妳。」

「怎、怎麼忽然說這些呢。來吧，趁熱先吃肉。」

此方害羞似的別開視線以後，就拿起了刀與叉。

換成當初遭到囚禁時，此方拿起能充當凶器的道具大概會使我提高警覺，如今我卻完全沒有那樣的心思。

「也對——我開動了。」

我跟著拿起刀與叉。

雖然是瘦肉，但因為沒有筋，下刀順暢俐落。

我用叉子叉起肉，放進口裡。

好吃。

單純的調味只用了鹽與胡椒，不過這樣才好。

我感覺到嘴邊的肌肉隨之放鬆。

唯一遺憾的是——

「假如你會想念酒，我倒是冰了一瓶紅酒。」

此方彷彿料想到我的思路而搶先開口。

「可以嗎？」

「畢竟是慶祝嘛——啊，不過為了避免你喝太多，我準備的是半瓶裝。」

她豎起食指說了。

「真細心——話說，虧妳未成年還能買到酒。」

「畢竟名義上是刷你的卡啊。」

「對喔。我都忘了。」

我們說著對彼此笑了笑。

愉快的時光轉瞬即逝，眼前的盤子很快就清空了。

在我們倆之間，開始有悠閒的氣氛流過。

「——那個，你完成的分鏡，可以讓我看嗎？」

此方徐徐地開了口。

「嗯。」

「謝謝。」

此方面向繪圖平板。

「不客氣。」

我靜靜地斜舉紅酒約剩三分之一的玻璃杯，並且等她看完。

……

……

不久，從繪圖平板上抬起頭的此方只說了一句話。

「完美。」

她低聲告訴我。

「雖然我不知道完不完美，至少目前我畫不出比這更好的內容。」

「……你等我一下。」

此方從房裡離去。

接著，她立刻又回來了。

而此方握在手裡的，無疑是我的智慧型手機。

「給你。」

她緩緩地把手機遞過來。

「可以嗎？」

「嗯。」

「是喔。」

簡短回話的互動。

即使如此，她的想法仍傳達給我了。

我用雙手接下手機。

太好了。

這樣就可以向編輯提交分鏡。

「——我也有事要跟你報告。」

此方鄭重地這麼說道，然後挺直背脊，擺出端正的跪姿。

「什麼事呢？」

「…………明天，我會嘗試，去上學。」

儘管斷斷續續，她仍明確表達了自己的意志。

「這樣啊。恭喜妳。」

我靜靜說道。

現在要是我用天花亂墜的修辭稱讚她，感覺就變得虛假了。

「嗯——然後，我長時間不在家的話，遇到狀況就沒辦法應對。所以——」

此方走到我這邊，並且彎下上半身。

有花一般的香味飄來。

「不要留著這個比較好。」

此方略顯落寞地微笑，然後用不知道從哪裡掏出來的鐵灰色鑰匙朝我戴著的項圈插了進來。

喀鏘。

鏈條落在地板上，發出聲響。

有7成安心、2成喜悅，與1成寂寥在心裡來去。

我一直感到有疑問，但現在就明白了。

此方將我囚禁至今的理由。

全都是為了讓我重新振作當一名漫畫家。

「……慢走。」

我一邊撫摸頸子，一邊對她投以微笑。

「你的送別有點急過頭了。」

此方俏皮地噘起嘴脣。

「也是。不過，當妳出門的時候，我想我還在睡——麻煩妳早點回來，再幫我戴上項圈。一個人獨處的話，感覺很快就會墮落。」

我打趣地說道。

「好的，我會盡快回來，你要充分休養身體。」

「好。感覺今天可以睡得很熟，畢竟身體正好處於微醺。」

「……晚安。」

「嗯，晚安。」

我們就這樣互道晚安，並且對彼此微笑。

於是，我又老了一歲，跟此方靠著囚禁維繫的扭曲關係也告終了。

如今由我們倆展開的新關係，該怎麼取名才好呢？

這我還不明白。
隨後，此方拿著兩人份的托盤，在廚房洗起餐具。
我則把繪圖平板的分鏡傳送到手機，再寄給編輯。
接著我靠自己的腳步走向盥洗室，簡單刷完牙了事。
鑽進被窩。
睡魔馬上就來臨了。

囚禁第27天

我醒來時已經是早上十點多。
如同先前預料的，她不在。
瓦楞紙箱上擺著簡單寫了「冰箱裡有早餐」的便條。
我慢條斯理地走到廚房，打開冰箱。
裡面有用保鮮膜包好的兩顆飯糰與煎蛋，都盛在盤子裡。
我倒了杯麥茶，把盤子擺到平時使用的托盤上。
（柴魚跟昆布口味啊。煎蛋則是口味偏鹹的高湯煎蛋捲。）
我慢慢吃完早餐，然後洗臉刷牙沖了澡，將儀容打理過一遍，就沒事可做了。
（啊，對了，昨天的日記忘了寫。）
想起這一點，我便開啟繪圖平板。
我打開了名稱偽裝成「靈感備忘錄」的檔案。

（呃，「囚禁第26天」——等等。）

寫到這裡的我停住筆。

我不假思索就下了囚禁第26天的標題，但這樣妥當嗎？

明明我已經不是處在被囚禁的狀態。

（哎，算啦。反正統一感很重要。）

我隨興地這麼決定。

倒不如說，我本來是為了避免時間觀念在囚禁生活中錯亂，才開始寫這部日記的吧。

那麼，就此打住也無妨嗎？

但是，嗯，寫日記又不算壞習慣，試著繼續寫到膩為止好了。

我放鬆思考，悠哉地寫下日記。

只花一小時左右就寫完，我又變得無所事事。

（要睡回籠覺嗎？）

我再度躺到地板上。

連我都覺得自己很怠惰，然而總比重拾喝酒抽菸的習慣好吧。

……

……

……

＊　＊　＊

睡醒的我看向手機。

（嗯——已經晚上七點啦？）

我甩了甩因為睡太久而有點刺痛的腦袋。

房間裡還是沒有別人的動靜。

（此方會不會回來得太晚了一點？不對，如果她有參加社團之類的活動，就會忙到這種時間嗎——對了，用手機聯絡看看。）

這時候，我停住滑手機的指頭。

仔細想想，無論是此方家的地址、電話號碼或電子信箱，連她在社群網站上用的帳號叫什麼名稱，我都一無所知。

換句話說，我沒有方法能跟她聯絡。

（嗯～～我知道學校名稱，校址也是一查就有，不過那是千金小姐就讀的女校吧？跟學生並無血緣關係的成年男子總不能擅闖那種地方。）

做出那種事的話，完全就是社會案件了。

恐怕也有保全人員在，萬一鬧大會讓此方徒增困擾。

（哎，應該是回她自己家了吧。她曉得我的社群網站帳號，上面也有公布我用來接案的工作信箱，有狀況的話，她就會循管道跟我聯絡才對。）

既然此方都從社群網站清查出我的生日了，肯定是這樣不會錯。

（嗯。是我操心過頭，到明天她就會回來啦。）

我樂觀地如此思考。

（好久沒有自己做家事了。）

我一邊在飯鍋裡放米一邊心想。

這陣子，我都過著依賴此方的生活。

（多少要取回自主性才行。）

我用冰箱裡剩下的食材隨便炒了盤青菜。

可是，味道不太可口。

看來此方的廚藝已經超前於我了。

洗完餐具後，我進浴室洗了澡，然後整理累積已久的郵件。

我不時瞥向社群網站，卻等不到她的聯絡。

結果，我到午夜十二點左右都一直醒著，此方卻沒有打開玄關的門。

（不會有事吧……）

我懷著一絲不安躺進被窩裡。

遲遲無法成眠的我東試西試，一會去上廁所，一會喝牛奶，一會做起簡單的伸展操，等到總算放開意識已經是半夜三更了。

囚禁第28天

我睜眼醒來。

撐起身體，將房間環顧一圈。

（她還沒回來嗎？）

依舊沒有人的動靜。

我上完廁所，然後洗手。

即使知道沒有意義，我仍會忍不住打開浴室的門確認裡頭，或者從玄關門上的貓眼窺探屋外。

不過，就算做這種舉動試著尋求慰藉，現狀當然還是沒有改變。

我將白米煮熟。

用生蛋拌飯，連扒帶吞地吃完早餐。

飯碗擱到流理台，從水龍頭注水。

拿起海綿，將蛋黃的殘漬抹去。

叮咚。

電子音效混著規律的流水聲傳進我耳裡。

（有來訊！是此方傳的私訊嗎！）

我關掉水龍頭，把海綿甩開。

隨便用衣服擦過手以後，我打開房門，搶著把手機抓到手裡。

（不對。是郵件啊……）

手機螢幕上方顯示的郵件軟體圖示讓我失望地垂下肩膀。

然而，看到將圖示拖曳到下方秀出的郵件主旨後，我頓時打直了背脊。

『Ｒｅ：關於新作分鏡　二階堂日向』

（……回信比想像中快耶。換成以往，再快也要花三天啊。）

索然無味的郵件標題旁附了寄件者姓名，眼熟的責任編輯姓名。

那是我心中期待度排第二的人發來的聯絡。

我盤腿坐到地板上，解除手機的圖形鎖，並且點擊郵件主旨。

霎時間，郵件本文滿滿顯示在畫面上。

我閉上眼睛，做了大口的深呼吸，然後再次睜眼。

『平日多受老師照顧，我是Flare Comics的田中遙華。分鏡我拜讀過了。沒想到老師居然會改畫搞笑漫畫……老實說，我很訝異。雖然我個人希望您畫戀愛喜劇，但是這不要緊。畢竟敝公司的信條是「只要有趣就照單全收」。那麼，請容我立刻進入正題，從結論來說，若要直接將這份分鏡拿到會議上討論，竊以為是窒礙難行的。至於理由則恕我直言，內容並沒有讓我笑出來。當然，對於笑的觀點人各有異，因此我認為不應該單憑一己之見判斷，就請其他編輯幫忙閱讀這篇分鏡，獲得的意見卻大致雷同。老師對黃色笑料的運用可以說有「放不開羞恥」的地方。畫搞笑漫畫，如果達不到將羞恥心昇華的境界，要當成商業作品經營想必會有困難。其他編輯對我發表過這樣的感言：「笑點冷到像是看國中生重複賣弄自己剛學到的黃色笑料……」此外，近年的搞笑漫畫很少會讓性格強烈的主角由第一人稱展開敘事，起碼要設計三名各有個性的登場人物，從客觀角度帶動故事才是主流手法，因此從當代性來說同樣難登商業領域。另外，我也有從主角塑造出來的形象感受到熱情，可是，他恐怕脫離了老師的預料，不幸變成一名讓讀者看不順眼又難以代入感情的角色。由老師筆下人物編織出的感性台詞，與戰鬥或奇幻漫畫的世界觀相當匹配，但我認為用在搞笑漫畫或許就不太協調。以上感想固然辛辣，不過上次我跟老師討論時拿到的分鏡，故事邏輯是處於完全說不通的狀態，因此與當時相比，內容已經有所改善了。新作分鏡遲遲無法過關，我很能體會老師改畫搞怪故事想出奇制勝的心情。不過，我認為老師筆下漫畫的魅力在於刻劃感情一心求真求細膩的態度。我本身希望看老師描繪王道派作品，而不是另闢蹊徑。所以，還請老師再一次沉澱心情，面對自己具備的強項。即使不畫戀愛喜劇也無妨，期待老師能夠畫出充分發揮個性的新分鏡。屆時還請多多指教。』

我扔也似的讓手機滑落到地板。

眼淚盈眶，讓我無法好好閱讀郵件後半段的內容。

但是，唯有這一點我仍然明白。

（哈哈哈，又被打回票啦。）

我冒出怪裡怪氣的笑。

彷彿將自嘲、懊悔與不爭氣濃縮在一起的頹唐笑聲。

（結果，全都是我在自滿啊。是嗎？應該是吧。）

編輯將指正的內容寫得長篇大論，然而說穿了就是我交出的作品「情節描寫多有做作之處，太過一廂情願而欠缺客觀性」的意思。

或許是那樣沒錯。

這次的分鏡是我不顧商業要素，興沖沖畫出來的作品。

（當然，我並沒有把事情想得太美，期待自己的分鏡一交就過關……）

老實講，我沒想到會被批評得這麼慘。

我自認畫出了最棒的分鏡。

不過仔細一想，這是合情合理的結果。

假如我有精準的品味，分鏡根本不可能被退回這麼多次。

（雖然此方看了大為讚賞，不過說來也對。仔細想想，她又不是專職編輯或業界的人物。）

此方給的感想，終究只是一名讀者的意見。

更何況，她是我的書迷。

在評價上當然會放寬標準吧。

信以為真是我自己笨。

我應該將讚美多打些折扣再來考慮的。

（總覺得，一下子變得好累。）

我趴臥到地上。

提不起任何幹勁。

有性急的蟬兒在某處鳴叫。

我覺得簡直像我一樣。

——喀嚓喀嚓喀嚓。

在最糟的時間點，從玄關傳來了聲音。

我撐起上半身。

先用上衣擦過臉，再轉向玄關。

我的失敗，就是我自己的失敗。

錯不在此方。

她能復學是值得坦然慶幸的事情。

我不能因為本身出了狀況就朝她的喜事潑冷水。

「歡迎回來。」

我擺出笑容，盡可能開朗地說道。

「我回來了。」

此方在玄關附近的走廊擱下書包。

「好晚喔。」

「……抱歉。」

脫了樂活鞋的此方走進房間，然後來到我旁邊，深深地低頭賠罪。

「呃，妳不用這麼低姿態地道歉啦。久違地回到學校上課，要說的話，應該會遇到許多狀況吧。」

我陪笑說道。

連我都覺得自己這些話是虛情假意。

「——我提不起勇氣，走進學校。」

此方這麼說完就用力緊閉眼睛，癱坐在地。

「咦？」

「我、我有走到學校。真的。可是，在校門口，有認得我的同學來搭話，我做不出回應，接著，我的腿就僵掉了。鐘聲響起以後，我無論如何都會怕，就逃走了——明明有你幫忙打氣，我覺得自己好沒用、好丟臉，昨天就沒有回來。」

聲音帶哭腔的真切告白。

「——這樣啊，那我們算是彼此彼此嘍。」

我如此嘀咕。

這句回應並不如字面上那樣正向積極。

反而像是我帶著竊喜的調調把對方拖進黏稠的泥濘。

「咦？」

「分鏡，過不了關。」

我淡然說道。

「怎麼會……內容明明那麼有趣。」

目前的我沒辦法坦然接納她所說的話。

甚至反而會讓我覺得惱火。

「不，那並不有趣，所以才會被編輯打回票。我被教訓得體無完膚——對不起，明明讓妳幫了那麼多忙。」

我低頭道歉。

我打從心裡感到丟臉。

這就是我目前的實力。

「不用介意我。我根本，沒有幫到什麼……」

此方用幾乎聽不見的音量嘀咕。

房裡被尷尬的沉默支配。

「……真不知道有什麼意義。」

當蟬聲中斷時，我嘀咕了一句。

「咦？」

「此方，妳還是不敢上學，我的分鏡也被打了回票……既然如此，我們這一個月的囚禁生活到底有什麼意義呢？」

我心裡只感到空虛。

就算我失敗了，要是此方有成功復學，那事情仍有救贖。

不過，我們倆都像這樣失敗的話，這段邂逅便是無意義的。

像我們這樣，只是兩條喪家犬互舔傷口啊。

既沒有任何生產性，也沒有將來可言。

「聽、聽我說……」

此方欲言又止地朝我伸出手。

「抱歉。麻煩妳，讓我獨處一陣子。」

我轉身背對她。

剎那間，此方的表情烙進我眼底。

畏懼的眼神，顫抖的嘴脣。

她那無疑是受了傷害的臉色。

不過，即使明白這一點，我仍無法對她說出任何打圓場的話。

現在我光是壓抑自己的負面情緒就費盡心力了。

「……」

腳步聲逐漸遠去。

有關門的聲音。

我沒吃晚餐，也沒洗澡，就這麼蓋上棉被。

彷彿回到了跟此方認識前的自己。

我有這種感覺。

囚禁第29天

早上，我醒來後就發現此方不在。

（她去哪裡了？）

一瞬間，我用視線追尋她的身影，然後搖搖頭。

（啊，她回自己家了嗎——理所當然嘛。畢竟是我主動拒絕她的。）

強烈的後悔。

我到廚房洗臉。

沒有她用過的牙刷。

也沒有杯子。

（難道私人物品也帶回去了嗎？）

轉開水龍頭，用雙手掬水喝。

因為之前用的杯子沒了，這也沒辦法。

何止如此，結果連睡袋、銀色托盤、看似昂貴的餐具甚至是垃圾，此方待過的痕跡統統都從我家消失得一乾二淨。

不過，消失的終究只有她的私人物品。

房間角落擱著我的背包，筆記型電腦與存摺等貴重物品都還留在裡面。

（收拾得可真澈底——歸根結柢，真的有名叫此方的女孩子存在嗎？她該不會是我妄想出的存在吧？）

房裡像這樣變得乾淨溜溜，甚至讓我如此冒出了疑心。

（總不會吧。就算心情再沮喪，我居然連此方的存在都感到懷疑，做人淪落到這樣是多麼失禮啊。）

我將手甩乾，對無謂的思考一笑置之。

我打算去超商買早餐，便走向玄關。

當我坐到走廊，把腳伸進左邊鞋子後就突然警覺過來。

（不對，這真的能一笑置之嗎？冷靜想想，這並非不可能的事耶——倒不如說，把此方當成我的妄想，反而有許多事情能讓人信服。）

偶然在我昏倒時出現，還肯一邊照顧我一邊聲援我進行創作的ＪＫ書迷。

這麼美好的人物會實際存在嗎？
當成妄想還比較自然吧？
（不過如果是妄想，就不必拿菜刀威脅我或者囚禁我嘛。乾脆再美好一點，來個願意服侍我的貓耳女僕也可以吧？）
我盯著玄關冰冷的混凝土如此思考。
（難道說，這是反映了我異常的精神狀況……）
一個月前，我的腦袋曾變得相當不對勁。
我對此有自覺，編輯也委婉提醒過我。
畫不了漫畫的窘迫精神狀態，透過持菜刀威脅、用鏈條囚禁的形式體現出來。
若是這麼思考，我便可以理解。
（呃，不過洗衣機和冰箱這些是此方買的，所以東西都存在於家裡。）
我在玄關把鞋子併攏，然後回到屋裡。
為了確認觸感，我打開冰箱的門。
裡面幾乎沒有食材了。
（啊，不過支付款項是我的戶頭。雖然此方說過戶頭是「我們的」，至少名義上仍歸我所有。）

換句話說，並沒有客觀證據證明家電不是我自己買的。

（或許在此方買衣服的店會有店員記得她的臉——可是，我根本不知道此方去了哪裡的店家，其他網購商品也都是請快遞員直接擺在門口。）

我不曉得除了自己，還有誰能提供此方確實存在的證詞。

我甚至沒有看過此方跟我以外的人相處的場面。

（假如向學校查詢——呃，校方才不可能把在校生的個資透露給我這個外人吧。我睡迷糊了嗎？）

我握起拳頭，捶向冰箱已經關上的門。

會痛。

無庸置疑，這裡是現實。

（假如此方是我的妄想，那當然會誇獎我畫的分鏡。畢竟那全是我在自賣自誇，編輯會批評得那麼狠也是當然的。）

我回到房間，開啟繪圖平板。

重新審視過以後，就覺得畫得很糟。

全是我一個人唱的獨角戲，分鏡的內容當然也會變得自以為是。
其實我並不想做這樣的假設。
不過，既然已經想到了，我便無法將其抹消。
所有的狀況證據都能佐證此方不存在。
（萬一此方真的是我的妄想——那我再也見不到她了嗎？）
最惡劣的想像從腦海中掠過。
心臟逐漸變得冰冷，冷得像是被人潑了冰水。
無法跟此方見面就太沒道理了。
我不要那樣。
絕對不要。
就算她是我創造出來的幻覺，我還是想見她。
（——為什麼我會想見此方？我怎麼會執著於她？我是想向她道謝？還是說，我想向她道歉？）
不，錯了。
若是要答謝她協助我創作，之前就表達過好幾次了。

若是要道歉，我大可從一開始就別擺那種嘔氣的態度。

我懂了。是這麼回事啊——

（不知不覺中，此方在我心裡已經大有分量。）

我察覺到了。

那就是我目前坦率的想法。

我只是想告訴此方，自己有這種心意。

嘟嚕嚕嚕嚕。

好似在呼應身體的顫抖，手機發出響聲。

（社群網站上有人發私訊給我？）

我打開訊息。

發訊者的帳號名稱是空白的。

正文只有兩個字。

『遲到』。

隨附於訊息裡的只有一張自拍照。

那大概是急著拍的吧。臉部從口罩以上都沒有拍到，而且還有點失焦。

遲到
7:32

但是，我不可能會看錯。

（此方！她並不是我的妄想。）

我感到滿腔安心。

「哈哈哈哈哈哈哈哈，此方，妳做到了！妳去上學了！」

我笑著仰望天花板。

內心由衷感到欣慰。

說不定我現在的心情比第一次贏得連載時還要開朗自豪。

（對、對了。要回訊，趕緊回訊，把我的心意傳達給她。）

我急著反覆滑螢幕，羅列出不甚通順的文章。

接著，我點擊發送鍵——的前一刻，食指在螢幕一毫米前停住了。

（這樣真的好嗎？此方肯定是鼓起很大的勇氣才去了學校。然而，我卻只用區區一次的點擊就要讓事情了結？）

不，我認為不行。

那才不是我的全力。

我既不是詩人，也不是小說家。

我是漫畫家。

要表達的話，還是只能用漫畫。

那就是我對此方所能展現的最高誠意。

還有，在這當下，我該描繪的故事是——

（……《被女高中生囚禁的漫畫家》。）

唯有這個題材。

根本不需要分鏡。

更不必找靈感。

回憶，全都已經塞在腦海了。

在此方面前，原本沒能講的話、想要講的話、應該講的話，我都要傾注全心全力，坦白地畫出來。

這只是一部短篇漫畫。

然後，也是一名愚昧青年的主張。

（對了，記得此方有提過。）

『如果你有需要，可以把我的事情當成題材。』

我想起她曾幾何時說過的話。
儘管當時我一笑置之。
（結果，我真的照做了。）
苦笑之後，我擱下手機。
繪圖平板上開了新的空白頁面。
我已經沒有其他故事可畫。
但是，這樣就夠了。
潘朵拉之盒打開到最後，留下了希望。

囚禁第30天

昨天我徹夜未眠。

而且，今天也沒有睡覺的打算。

既沒有人拿菜刀威脅我，頸子也沒有被鏈條繫著。

即使如此，我仍刻意在雨遮板緊閉的屋內面對繪圖平板。

為了證明自己跟此方的囚禁生活並非毫無意義，我自己囚禁自己。

我連花時間做早餐都捨不得，就把生蛋連水一同灌進肚子裡。

宛如頭腦與筆尖化為一體的感覺。

如今，身體不過是我將意象具現成形的道具。

不難受。

也不愉快。

真正熱衷的時候就會忘記一切。

趕快畫。
趕快畫。
趕快畫。
現在我就敢挺胸說出口。
我是漫畫家。
就算從社會上遭人淡忘。
就算得不到編輯認同。
即使如此，我仍是漫畫家。
專屬於此方的漫畫家。

囚禁第××天

不知道究竟過了幾天。
我只顧一心一意地不停畫漫畫。
在疲勞與睡魔的折磨下，意識隨之朦朧。
好似與其呼應，於二次元展開的故事劇情進入高潮，跟現實交錯。
到最後，兩者完全聯結。我的「現在」，與紙面上的「現在」。
故事不會走向美好的快樂結局。
更沒有準備戲劇性的壞結局。
以結尾而言並無法成立，只是將殘局拋著不管。
假如我拿這篇漫畫投稿新人獎，保證會落選。
故事到了最後，是用主角淒涼又娘娘腔的獨白收場。
『如果可以，我希望跟此方再見一面。』

添上毫無虛假的心意後，我擱下筆。

（我畫好了。此方，這就是，我的漫畫。）

只為一個寶貴之人所畫的漫畫，被我用私訊的方式傳送到她的帳號。

（不曉得此方會不會讀。讀了以後，也不曉得她是否會回來。）

即使如此，我的心已經被謎樣的充實感填滿。

（該做的都做了。之後，端看此方怎麼想。）

要是這樣不能傳達出心意，我便莫可奈何。

那就表示，我身為漫畫家終究只有這點能耐吧。

我放鬆力氣。

不久，彷彿地球的重力變強，有強烈的怠惰感侵襲身體。

我累倒似的躺到草率鋪完的被褥上。

醒來以後，有張美少女的臉出現在鼻子好似能相觸的距離。

「此、此方？——早、早安。」

後腦杓有柔軟的觸感。

我發現自己被她用大腿枕著，身體頓時變得僵硬。

「嘻，已經晚上了。」

此方一邊摸著我的頭，一邊發出憋笑聲。

「咦，是這樣啊。那麼，呃，晚、晚安？」

我改口。

連續熬夜好幾天，當然會變成這樣。

「嗯。晚安。」

她伴隨著微笑回以問候。

「總之，妳願意回來，我好高興。」

我發出安心的嘆息。

「是嗎——話說，我本來就沒有離開這裡。」

此方看似尷尬地這麼告訴我，並且撥了撥頭髮。

「咦，可是，因為妳的私人物品全都不見了。」

「啊，那個嗎？畢竟你病倒的時候狀況很緊急，我就從自己家裡帶了東西過來，可是仔細想想，我又覺得心裡不舒服，所以把所有東西都歸回原處了。」

「心裡不舒服？」

「嗯。從自己家裡帶來的東西，感覺就像和父母借的一樣，讓我覺得不自在。能夠擺在這個家裡的，只有『我們的共同財產』。」

此方將雙手併攏，擺出少女懷夢般的表情告訴我。

「原來如此。是這麼回事啊。」

先不談她的邏輯是否能讓人認同，我明白私人物品被帶走的原因了。

「是的。不過呢，或許以結果來說，幸好我讓你產生了誤會。畢竟托誤會的福，我才收到了那麼棒的禮物。」

此方說著就使壞似的笑了笑。

「嗯。呃，既、既然妳會這麼說，就表示，妳有看我傳過去的漫畫吧？」

我目光有些飄忽地問了。

雖然畫的時候不曾介意，然而在補充睡眠冷靜過後，我忽然變得難為情了。

仔細想想，我做的行為說來就像音樂人在生日時送了自己寫的曲子當禮物，相當自我陶醉不是嗎？

當然，我一點也不後悔，然而會害羞的事就是會害羞。

「我讀過了。」

此方閉上眼睛，深深地點頭。

「這樣啊。那麼，妳的感想是？」

「我很高興。」

此方帶著陶醉的表情嘀咕。

「哈哈，妳不覺得內容有趣？」

「畢竟我跟你度過的日子都原原本本地畫在裡面啊。換成別人也就罷了，要是我說故事內容『有趣』，會顯得虛假吧。」

此方困擾地蹙眉，並害羞地微笑。

「的確，那倒也是。」

我點頭認同。

「不過，能知道你的心意實在太好了。」

「是、是啊，我也覺得，幸好心意能傳達給妳——雖然說，有點不好意思。」

「的確。畢竟從漫畫還可以發現，你其實有用色色的眼光看我。」

「……對不起。」

我用雙手捂住臉。

有洞的話，真希望能鑽進去。

我起碼該將內容先推敲一遍的。

未免把想法畫得太坦白了。

「沒關係。」

「咦？」

「你要用色色的眼光看我也可以。」

此方說著，就把我的雙手往旁撥開。

她的眼睛散發著妖媚的光彩。

「可、可以嗎？」

「可以。當然，要更進一步我也願意。」

「會、會構成犯罪啦。」

「沒曝光就不會構成犯罪啊。」

此方盯著我，把臉湊了過來。

我閉上眼睛。

嘟嚕嚕嚕嚕嚕嚕。

霎時間，我口袋裡的手機發出響聲。

（拜託看看場合。）

嘟嚕嚕嚕嚕嚕嚕嚕嚕嚕嚕嚕嚕嚕嚕嚕嚕嚕。

起初我還打算忽視，手機卻難纏地不停震動。

「接起來比較好。」

「是、是啊。妳說得對。」

我撐起上半身，然後掏出手機。

（二階堂小姐打來的？什麼事啊？）

儘管納悶，我仍拿起手機將圖示滑向通話。

『老師！恭喜您！本刊決定以單回完結的形式刊載您的作品了。』

「咦？請問妳在說什麼？」

責編突然致上賀詞，使我愣了一愣。

『老師又來了～～原稿，我讀過了喔。《被女高中生囚禁的漫畫家》，就是這個！讀者要的就是這個！充分將老師特色發揮出來的傑作！漫畫家煩惱著分鏡遲遲無法過關的真實感，以及千金女高中生一邊囚禁還一邊照顧他的幻想元素，兩者可說拿捏得恰到好處。因為戀愛喜劇是時下熱銷的題材，我要推薦也比較方便呢。』

責任編輯興奮似的連珠炮說個不停，之前對我的冷處理彷彿成了假象。關於漫畫這方面，責任編輯屬於反應老實到露骨的人，所以這表示她真的覺得很有趣吧。

應該說，那才不是幻想元素，此刻，故事裡的女高中生正在我眼前耶。

「謝、謝謝。」

話雖如此，揭露事實讓編輯跑去報警也會很困擾，我便順著對方隨口附和。

『好的。那麼，總之編輯部會先藉著單次完結的短篇觀望情況，如果讀者給的反應不錯，我們是希望直接排進連載，請問老師覺得可以嗎？』

「好、好的！拜託妳了。」

我奮然答應。

這沒有拒絕的理由。

『太好了！那麼，我還要回去開會，先失陪嘍。相關細節之後會再用郵件通知老師！』

「好的，感謝妳。」

我隔著電話向對方低頭致謝，並且掛斷通話。

「怪了。難道說，我在恍神之間也把原稿寄給編輯了嗎？」

我把手機收進口袋，然後歪頭思索。

「啊，那是我預先替你寄到編輯的信箱了。那麼精彩的作品，由我獨占會是人類的損失。」

此方理所當然似的告訴我。

「哈哈，太誇張了啦——不過，此方……謝謝妳。」

我深深低下頭。

托幸運女神之福，心中渴望不已的東西就這樣落到了我手中，甚至輕鬆到敗興的地步。

「我沒有做什麼大不了的事。既然身為書迷，這是當然的。」

此方自豪地挺胸。

（此方回來了，我身為漫畫家也看見了光明。世上可有這麼幸福的事？）

事情的發展實在太美好，反而令我不安。

……

……

……

嗯？倒不如說，先等等。

「說到這個，此方，妳怎麼會知道編輯的電子信箱？責任編輯應該沒有在社群網站上活動。基本上，假如寄件者是妳，我會接到聯絡也很怪啊。」

我交抱雙臂陷入沉思。

「咦？編輯使用的電子信箱，只要看郵件就可以曉得。你會接到聯絡，是因為我用你的名義將漫畫從你的電子信箱寄過去，所以這是當然的。呵呵呵，你該不會還沒睡醒吧？」

此方戲弄人似的說道。

「哈哈哈，這樣嗎？原來妳是從我的電子信箱寄過去的啊。那麼，電話會打給我也是當然的嘛。」

我跟著此方笑了起來，差點就這麼信服——然後臉色一凝。

不對，再怎麼想還是不對勁。

「……此方，妳是怎麼登入我的帳號的？我再粗心，也沒有把電子信箱的密碼設成自己的生日啊。」

電子信箱本身是伴同「工作募集中」的字句公開在社群網站上的個人資料欄。所以，此方會曉得是當然的。

不過電子信箱的密碼，我用的是Google自動產生的字串。

我基本上很怕麻煩，因此都會依照Google的建議設定隨機密碼，然後儲存在瀏覽器使用。

應該說，光是輸入生日的四位數字，以密碼而言安全性太低，根本連要註冊都無法通過。

不過，從我的筆記型電腦應該就可以透過瀏覽器寄信吧。但是此方離開的時候，都有把我的私人物品留在房間裡。

「對啊！我費了好多工夫。你個性認真，不會邊走邊用手機，在外面也很少拿手機出來玩。基本上你屬於室內活動派，根本只有採購時才會出門。」

此方像是心思被說中而點頭。

「是這樣沒錯。我打從骨子裡就是個繭居族。」

為了套出她的話，我便隨口答腔。

「不過，唯有每個月的28日例外，畢竟你最喜歡吃那間連鎖店的炸雞嘛。你只有在28日會到店家吃外食，所以那時候就有機會看你玩手機，我想辦法拍下了你用手指滑手機的動作，藉此解開了圖形鎖。不過，更要緊的是我必須碰得到你的手機，否則就沒意義。所以，當你在書店掉手機時，我覺得簡直是命中注定。」

此方用陶醉般的口吻快言快語地說個不停。

（從我掉了手機，一直到她跑來還給我，中間有十幾分鐘的延遲。不過，這件事情仔細想想是有蹊蹺，畢竟她結帳時就排在我後面啊。）

我一直認為此方是急忙追過來找我的，不過既然排在我後面，手機弄掉時應該會馬上發現，當場就順勢撿起來還我才比較自然。

「換句話說，此方，妳在那時候入侵了我的手機，還重設過密碼？然後，我都是用自動儲存，就沒有發現這一點。」

密碼在畫面上會顯示成像「‧‧‧‧‧‧‧‧」這樣，隱藏字串的內容。

這表示只要密碼字數相同，再解除從其他裝置登入時會寄信警告的安全性設定，並且把通知密碼已重設的郵件全數刪除，我就無從得知帳號已經遭到此方駭入的事實。

當然，只要仔細檢查登入帳號的紀錄，或許就可以看出端倪。可是在金錢並沒有遭受損失的情況下，自然不會一一去確認那些。

畢竟我就是粗心到把銀行戶頭密碼設成自己生日的糊塗男。

「沒錯！多虧如此，我更接近你的心了。光是追隨你用的社群網站，只能認識你的表象。要能體會你創作的辛苦還有絕望，進而與你相伴，才算真正的書迷！」

此方用毫無罪惡感的語氣如此宣言。

「妳能這麼為我著想，真令人高興。」

我壓抑內心的動搖並且嘀咕。

為了掩飾板起的臉，我使勁揚起嘴角。

（慢著。這樣的話，事情可就跟著變調了。難道說，此方並不是「住在附近才碰巧注意到我，還幫助我洗心革面的笨拙書迷」，而是「一直伺機想要囚禁我的瘋狂跟蹤者」嗎？）

背脊竄上寒意。

毛骨悚然。

這肯定不是生病帶來的症狀。

（換句話說，我還把形同告白的漫畫寄給了這樣的跟蹤狂。是這麼回事嗎？）

吐出的唾沫吞不回。

覆水難收。

我無法將本著自己意志畫出的漫畫抹消。

情緒亂成一團。

托此方的福，我振作了。

這是事實，我也對她懷有感激。

此方心地溫柔，手腳笨拙，又勤於努力，我認為這樣的她很有魅力。

這份心意並無虛假。

但是，同等於內心受到的吸引，我現在覺得她好恐怖。

「啊，對了，我得去幫你熱飯菜。這幾天，你都沒有正常吃飯對不對？要注意身體健康，身體就是資本。」

此方把嘴唇湊到我的耳邊細語。

「是啊，說得對。我一個人的話，生活節奏不管怎樣都會亂掉。」

我言不由衷地開口附和。

「呵呵呵，那樣不行嘛——不過，你放心，有我陪著你。」

此方說著，就從地板上撿起我倆情誼的信物。

如同曾幾何時甘願的那樣，項圈再次套上我的頸子。

那張笑容是天使？還是惡魔？

現在的我沒辦法判斷。

（往後到底會變成什麼樣啊？）

懸著一顆心的我無所適從，就這麼目送此方走向廚房的背影。

《被女高中生囚禁的漫畫家》。

看來其劇情類別仍未定案。

後記

初次見面的讀者，您好；並非初識的讀者，好久不見。我是穗積潛。

這次有幸讓您將《被陌生女高中生囚禁的漫畫家》一書拿到手裡，我謹在此誠摯表示感謝。

如同眾人所知，本作是根據きただりょうま老師在社群網站連載的插畫作品著述而成。由於是紅上加紅的很吸引人的作品，我身為一名讀者曾心想「肯定很快就會朝商業領域發展吧」，結果自己居然會負責將其改編成輕小說，實在是作夢也沒有想到。

由きただりょうま老師親自操刀的漫畫版也將在近期之內發售，但是以時期來看，先上市的會是本作，因此在感受到重責的同時，我更覺得萬分榮幸。

我自認使出了全力來呈現此方這位既奇異又讓人無法不受吸引的女主角所具有的魅力，當中的心思要是也能傳達給各位讀者，那就太令人高興了。

那麼，說來倉促，請容我在此轉而對各界相關人士致謝。

首先，我要鄭重感謝身為原案者，同時也負責為本作繪製插畫的きただりょうま老師。若沒有きただりょうま老師，就不會有本作存在，這是無需贅述的道理。換成往常的話，我會用盡各種字句來說明插畫有多麼精美，但這次就刻意什麼也不說了。請各位「欣賞」封面彩圖的此方。比起我笨拙的讚美，插畫更能道出此方的魅力。

接著，我要感謝責編ベーさん。ベーさん從為數眾多的作家當中提拔了我來參與這部精彩的作品。不僅如此，ベーさん還精確簡潔地賜教指正了未臻成熟的我，在提高本作完成度的過程中大有貢獻，往後尚請多多關照。

還有，對於經手本作的所有人士，以及將本作讀到這裡的您，我更要打從心裡致上十二萬分的謝意。

那麼，期待他日能在下一集相見，我先就此告辭了。

穗積 潛

後記

「幸會，我叫きただりょうま。

感謝您這次解囊買下《被陌生女高中生囚禁的漫畫家》。

我作夢也沒想到自己在社群網站河道上發表的內容會改編成小說。

這都是拜責編垂愛，以及各位讀者喜愛所賜。

我本身也是第一次經歷這樣的事，好像有享受到創作的樂趣。

此外關於故事的內容，希望能讓看過原始版本的讀者以及這次首次閱讀的讀者都從中找到樂趣。

那麼，請讓我再次感謝帶動了這項企畫的諸位大德。

在我心裡的此方感覺也很高興。」

救了想一躍而下的女高中生會發生什麼事？ 1~3 待續

Kadokawa Fantastic Novels

作者：岸馬きらく　插畫：黒なまこ　角色原案、漫畫：らたん

「為了成全自己的愛情而橫刀奪愛，那我不就……」
關於「她」為了初戀及純愛糾結不已的戀愛故事。

守望著結城和小鳥的大谷翔子，發現自己對結城的愛意日漸增長，甚至被迫面臨某個重要的決定？『愛情對女人是最重要的。翔子，妳遲早也會明白這件事。』拋夫棄子，投向其他男人懷抱的母親留下的這句話，如同惡魔的囈語在大谷的腦海中揮之不去——

各 **NT$200~220/HK$67~73**

VENOM求愛性少女症候群 1~2 待續

Kadokawa Fantastic Novels

作者：城崎　原作／監修：かいりきベア　插畫：のう

由かいりきベア本人監修的原創故事第二集！
煩惱少女們的青春故事第二彈開幕——

「求愛性少女症候群」是出現在心懷不滿的少女們身上的奇特現象。與找出解決症狀線索的娜娜、艾莉姆不同，露露陷入不知該如何是好的煩惱迴圈，覺得兩人成了與自己漸行漸遠的存在——處於僵局的露露將會採取的行動是……？

各 **NT$200/HK$67**

記憶縫線YOUR FORMA 1~3 待續

Kadokawa Fantastic Novels

作者：菊石まれほ　插畫：野崎つばた

在網路論壇煽動群眾的駭客〈E〉，其真正的目標是什麼——？

埃緹卡懷抱與哈羅德的敬愛規範有關的祕密，或許是因為壓力過大，電索能力突然劇烈下降。她以一般搜查官的身分參與偵辦新案件，哈羅德也與新的「天才」搭檔。他們兩人分頭追查在網路論壇接連發表國際刑事警察組織的機密事項的駭客〈E〉——

各 NT$220~240/HK$73~80

青梅竹馬絕對不會輸的戀愛喜劇 1~8 待續

Kadokawa Fantastic Novels

作者：二丸修一　插畫：しぐれうい

三名女主角各懷戰略要追求末晴，
沒想到卻在聖誕派對舞台上出現意外發展！

　　連真理愛都變成意識到的對象後，我決定跟她們三個人保持距離。學生會委託群青同盟舉辦的聖誕派對即將來臨。黑羽在「青梅女友」關係解除後跟我保持距離，白草願意尊重我的意志，真理愛則是設法拉近與我的距離。三人各有因應方式，讓我感到痛心……

各 **NT$200~240/HK$67~80**

青春豬頭少年不會夢到正義護理師

Kadokawa Fantastic Novels

作者：鴨志田 一　插畫：溝口ケージ

都市傳說「＃夢見」在學生間成為話題。
郁實藉此化身為「正義使者」助人？

寫下來的夢會應驗——這個都市傳說「＃夢見」在學生們的SNS成為話題。咲太目擊郁實藉此化身為「正義使者」助人，也得知她碰上了類似騷靈的現象，而且原因好像來自以前的咲太……？開啟上鎖的過去之門，青春豬頭少年系列第十一集。

各 **NT$200~260/HK$65~80**

【好消息】我的不起眼未婚妻在家有夠可愛。1~3 待續

Kadokawa Fantastic Novels

作者：氷高悠　插畫：たん旦

這次結花的家人也來插一腳？
更加深了登場人物魅力的第三集！

班上決定在校慶辦Cosplay咖啡館，結花在家也穿上女僕裝練習，未婚夫妻生活還是令人心動不已！另外，結花的手足勇海跑來我們家！結花不知為何對勇海非常冷淡？而且勇海莫名地仰慕我？其實勇海和姊姊一樣，有著不能讓外人知道的「祕密」……

各 **NT$200~230/HK$67~77**

身為VTuber的我因為忘記關台而成了傳說 1~2 待續

Kadokawa Fantastic Novels

作者：七斗七　插畫：塩かずのこ

危險的四期生來勢洶洶！
衝擊性十足的VTuber喜劇第二集！

因為開台意外而一舉成名的Live-ON三期生心音淡雪，終於有了自己的後輩！卻突然冒出向淡雪告白示愛的四期生！不僅如此，其他四期生也是渾身Live-ON風格的怪胎！到頭來，淡雪甚至被稱為「超（棒的）媽咪」？

各 **NT$200/HK$67**

再見宣言

作者：三月みどり　原作／監修：Chinozo　插畫：アルセチカ

Kadokawa Fantastic Novels

YouTube播放次數突破9000萬，
超人氣歌曲改編成青春故事！

只要不會被當就好了，不用天天去上學也沒差。我窩在家裡耍廢，想像著這種平凡無奇的未來。在高中最後一年的春天，我遇見了天真爛漫的妳。理應完全相反的兩人邂逅且互相吸引。在戀愛與實現夢想的天平兩頭搖擺不定，兩人做出的選擇是——

NT$200/HK$67

國家圖書館出版品預行編目資料

被陌生女高中生囚禁的漫畫家/きただりょうま原案；穗積潛作；鄭人彥譯. -- 初版. -- 臺北市：臺灣角川股份有限公司, 2022.11-
冊；　公分

譯自：見知らぬ女子高生に監禁された漫画家の話
ISBN 978-626-321-971-7(第1冊：平裝)

861.57　　111014974

Kadokawa
Fantastic
Novels

被陌生女高中生囚禁的漫畫家 1

（原著名：見知らぬ女子高生に監禁された漫画家の話）

2022年11月16日　初版第1刷發行

作　者：穂積潜
原案／插畫：きただりょうま
譯　者：鄭人彥

發行人：岩崎剛人
總編輯：蔡佩芬
編　輯：孫千棻
美術設計：吳佳昀
印　務：李明修（主任）、張加恩（主任）、張凱棋

發行所：台灣角川股份有限公司
地　址：104台北市中山區松江路223號3樓
電　話：（02）2515-3000
傳　真：（02）2515-0033
網　址：www.kadokawa.com.tw
劃撥帳戶：台灣角川股份有限公司
劃撥帳號：19487412
法律顧問：有澤法律事務所
製　版：尚騰印刷事業有限公司
ISBN：978-626-321-971-7